블러드 온 스노우

블러드 온 스노우

1판 1쇄 인쇄 2016년 3월 25일 **1판 1쇄 발행** 2016년 3월 30일

지은이 요 네스뵈 **옮긴이** 노진선
펴낸이 김강유
편집 이승희
디자인 길하나

발행처 비채
주소 경기도 파주시 문발로 197(문발동) 우편번호 10881
등록 1979년 5월 17일 (제406-2003-036호)
주문 및 문의 전화 031)955-3200 **팩스** 031)955-3111
편집부 전화 02)3668-3292 **팩스** 02)745-4827 **전자우편** literature@gimmyoung.com
비채카페 cafe.naver.com/vichebooks **인스타그램** @drviche
트위터 @vichebook **페이스북** facebook.com/vichebook

ISBN 978-89-349-7421-5 04890 | 978-89-349-7434-5 (SET)
책값은 뒤표지에 있습니다.

비채는 김영사의 문학 브랜드입니다.

이 도서의 국립중앙도서관 출판예정도서목록(CIP)은 서지정보유통지원시스템 홈페이지
(http://seoji.nl.go.kr)와 국가자료공동목록시스템(http://www.nl.go.kr/kolisnet)에서
이용하실 수 있습니다. (CIP제어번호: CIP2016008031)

OSLO 1970 SERIES

요 네스뵈 장편소설 | 노진선 옮김

BLOOD ON SNOW

블러드
온 스노우

JO NESBØ

비채

1

가로등 불빛 아래 눈송이가 솜털처럼 춤을 췄다. 정처 없이, 위로 올라가야 할지 아래로 떨어져야 할지 결정하지 못한 채 그저 몸서리치게 차가운 칼바람에 이리저리 흩날렸다. 칼바람의 진원지는 오슬로 피오르를 뒤덮은 거대한 어둠이었다. 바람과 눈송이, 이 둘은 밤이면 문을 닫는 부둣가 창고들 사이의 어둠 속에서 빙글빙글 돌았다. 그러다 마침내 싫증 난 바람이 파트너를 벽 옆으로 내던지자, 바람에 휩쓸려온 메마른 눈송이들이 한 남자의 신발 주위로 내려앉았다. 방금 내가 쏜 총에 가슴과 목을 맞은 남자였다.

남자의 셔츠를 타고 내려온 피가 눈 위로 뚝뚝 떨어졌다. 사실 난 눈에 대해 잘 모른다. 따지고 보면 눈뿐 아니라 다른 것도 마찬가지이지만. 어쨌거나 아주 추울 때 형성되는 눈 결정체는 진

눈깨비나 입자가 거친 눈, 살짝 언 눈과는 완전히 다르다는 글을 읽은 적이 있다. 또 눈에 떨어진 피의 헤모글로빈이 붉은색을 유지하는 것도 눈 결정체의 모양과 눈이 얼마나 건조한지에 달렸다고 한다. 어쨌든 남자의 발 주위로 빨갛게 물든 눈을 보니 왕의 어깨에 두르는 망토가 떠올랐다. 가장자리에 흰 족제비털이 달린 자줏빛 망토. 엄마가 읽어주곤 했던 노르웨이 민담집 속의 삽화에서처럼. 엄마는 동화와 왕을 좋아했다. 그래서 내 이름도 왕을 따서 지었을 것이다.

〈아프텐포스텐〉은 만약 새해까지 이 추위가 계속된다면 1975년은 제2차 세계대전 이후 가장 추운 해이자, 한동안 과학자들이 예언했던 새로운 빙하기의 시작으로 기억될 거라고 했다. 하지만 내가 뭘 알겠는가. 내가 아는 사실은 그저 내 앞에 서 있는 남자가 곧 죽으리라는 것뿐이다. 그의 몸이 떨리는 걸로 봐서 틀림없었다. 그는 뱃사람의 수하였다. 내 개인적인 원한 때문에 죽인 것은 아니다. 그가 벽에 핏자국을 남기며 주저앉기도 전에 난 그 말부터 했다. 그 말을 듣는다고 해서 그가 자신의 죽음을 더 쉽게 받아들이리라고 생각한 건 아니다. 만약 내가 누군가의 총에 맞는다면 차라리 개인적 원한에 의한 것이기를 바랄 테니까. 나중에 그가 귀신이 되어 날 쫓아다닐까 두려워서 한 말도 아니다. 난 귀신 따위는 믿지 않는다. 그냥 달리 할 말이 없어서였다. 물론 아무 말 없이 죽일 수도 있었다. 그게 원래 내 방식이기도 하고. 그러니 내가 갑자기 수다스러워진 데는 분명 이유가 있을 것이다. 크리스마스가 며칠 남지 않아서인지도 모른다. 크리스마스 무렵에는 사람들이 타인에게 좀 더 친밀감을 느낀다고 들었다. 내가 뭘 알겠느냐만은.

난 피가 눈 표면에서 얼어 그대로 남아 있을 줄 알았다. 하지만 눈은 떨어지는 피를 빨아들이며 표면 아래로 끌고 가 감춰버렸다. 마치 어디 쓸 데가 있다는 듯이. 나는 집으로 걸어가며 눈 더미 속에서 일어나는 눈사람을 상상해보았다. 창백한 얼음 피부 아래로 혈관이 또렷이 보이는 눈사람.

공중전화로 다니엘 호프만에게 전화해 일을 마쳤다고 보고했다.

호프만은 잘됐다고 했다. 늘 그렇듯 아무것도 묻지 않았다. 내가 그의 해결사로 일한 지 어느덧 4년이 되었기에 날 신뢰하게 되었거나, 아니면 정말로 아무것도 알고 싶지 않아서일 것이다. 일이 해결되었는데 왜 골치 아프게 시시콜콜 캐묻는단 말인가. 골치 아픈 일을 피하려고 돈을 준 마당에. 호프만은 내일 사무실로 나오라고 했다. 내게 맡길 새로운 일이 있다면서.

"새로운 일이요?" 내가 물었다. 가슴이 철렁 내려앉았다.

"그래. 또 다른 대상이 생겼어." 호프만이 말했다.

"아, 그거요. 알겠습니다."

나는 안도하며 전화를 끊었다. 나란 인간은 지금 하는 이 일 말고는 별로 쓸모가 없기 때문이다.

특히 다음의 네 분야에서는 아무짝에도 쓸모가 없다. 첫째, 도주 차량 운전하기. 차를 빨리 운전하는 것쯤은 문제없다. 하지만 평범하게 운전하는 것은 못한다. 도주 차량을 모는 사람은 이 두 가지를 다 해내야 한다. 도로 위의 다른 차들과 똑같이 운전해야 한다. 내가 그렇게 운전하지 못한 탓에 나와 일행 두 명은 쇠고랑을 차고 말았다. 당시 나는 숲속 길과 고속도로를 번갈아 달리며 미친 듯이 차를 몰았다. 추적자들은 진작 따돌렸고 스웨덴 국경까지 몇 킬로미터밖에 남지 않은 상황이었다. 그래서 속도를 줄이고 일요일에 소풍 나온 할아버지처럼 천천히 제한속도를 지키며 차를 몰았다. 그런데도 경찰 순찰대의 검문에 걸리고 말았다. 나중에 그들로부터 들은 바에 의하면 그들은 우리 차가 도주 차량이라는 걸 전혀 몰랐다고 한다. 우리 차는 제한속도도 준수했고, 다른 교통 법규도 어기지 않았다고 한다. 다만 내 운전 방식이 문제였다는 것이다. 그게 무슨 뜻인지는 잘 모르겠지만 어쨌거나 그들은 내 운전이 어딘가 수상쩍었다고 했다.

둘째로 난 은행털이에도 쓸모가 없다. 강도사건을 경험한 은행 직원들의 절반 이상이 훗날 심리적 문제를 호소하며 그중 일부는 그 문제가 평생 지속되기도 한다고 읽은 적이 있다. 이유는 모르겠지만, 우리가 우체국을 털 때 창구에 앉아 있던 노인은 그런 심리적 문제가 유달리 빠르게 발생했다. 내가 산탄총으로 그를 직접 겨눈 것도 아니고, 그가 있는 방향으로 총구를 돌렸을 뿐인데도 그는 정신이 반쯤 나가버렸다. 이튿날 신문에 그가 정신과 치료를 받고 있다는 기사가 실렸다. 심각한 상태는 아닌 듯했으나, 우리가 살면서 가장 피하고 싶은 게 있다면 바로 그런 심리적 문제가 아니겠는가. 그래서 난 그가 입원 중인 병원을 찾아갔다. 물론 그는 날 알아보지 못했다. 우체국을 털 당시 난 산타클로스 변장을 했기 때문이다. (완벽한 변장이었다. 크리스마스 쇼핑객들로 붐비는 거리 한복판의 우체국에서 산타클로스 복장에 자루를 짊어지고 뛰쳐나오는 세 남자를 주시하는 사람은 아무도 없었다.) 나는 3인실 문간에 서서 노인을 바라보았다. 그는 가운데 침대에 누워 공산주의자들의 일간지인 〈클라세캄펜Klassekampen, 계급투쟁〉을 읽고 있었다. 그렇다고 해서 내가 공산주의자들 개개인에게 반감이 있는 건 아니다. 아니, 어쩌면 반감이 있는지도 모르겠다. 하지만 난 그들 개개인에게 어떤 반감도 품고 싶지 않다. 그저 그들이 틀렸다고 생각할 뿐이다. 따라서 그 노인네가 〈클라세캄펜〉을 읽는 걸 보고 기분이 훨씬 좋아진 걸 깨달았을 때 약간 죄책감이 들었다. 하지만 죄책감을 약간 느끼는 것과 많이 느끼는 것은 크게 다르다. 그리고 아까 말했듯이 난 기분이 훨씬 좋아졌다. 하지만 그 후로 은행을 터는 건 그만두었다. 다음번에 털게 될 은행의 직원이 공산주의자일 거라는 보장이 없기 때문이다.

그리고 난 마약 사업에도 영 쓸모가 없는데 그게 바로 세 번째 분야다. 마약에 관련된 일은 그냥 못하겠다. 내 고용주에게 빚을 진 약쟁이들을 찾아가 돈을 받아내는 일은 얼마든지 할 수 있다. 약쟁이들이 그렇게 된 건 자업자득이고, 사람은 자기가 저지른 실수의 대가를 치러야 한다는 게 내 지론이다. 간단한 이치다. 문제는 예전에 우리 엄마가 말했듯이 내 천성이 유약하고 예민하다는 것이다. 엄마는 내게서 당신의 모습을 본 것 같다. 어쨌거나 나 같은 사람은 마약을 아주 멀리해야 한다. 엄마처럼 나 역시 무언가 복종할 대상을 찾아다니는 인간이기 때문이다. 종교나 독재자, 보스. 혹은 술과 마약. 게다가 난 셈에 약하다. 집중력이 떨어져서 열까지 세기도 힘들다. 이런 사람이 마약을 판다거나 빚을 수금하러 다닌다는 건 어리석은 짓이다. 삼척동자라도 알 것이다.

자, 이제 마지막 하나가 남았다. 바로 매매춘이다. 이것도 비슷하다. 여자들이 어떤 방식으로 돈을 벌든 난 반대하지 않는다. 그리고 그런 여자들이 본업에만 집중할 수 있도록 기둥서방이라는 작자들이(이를테면 나 같은) 주변을 정리해주고 그 대가로 여자들

수입의 3분의 1을 떼어가는 것에도 찬성한다. 좋은 포주는 돈을 받을 자격이 있다는 게 내 지론이다. 문제는 내가 너무 빨리 사랑에 빠진다는 것이다. 그리고 사랑에 빠진 후로는 공과 사를 구분하지 못한다. 게다가 내가 사랑하는 여자든 아니든 난 여자를 때리고, 붙잡아 흔들고, 겁주는 일은 도저히 못한다. 내가 뭘 알겠냐만 아마 엄마와 연관이 있을 것이다. 그렇기 때문에 다른 남자들이 여자를 때리는 것도 참지 못한다. 그냥 뚜껑이 확 열려버린다. 마리아와의 일을 예로 들어보자. 마리아는 농아에 절름발이이다. 이 두 개가 무슨 연관이 있는지는 모르겠다(아마 아무 연관도 없을 테지). 다만 한번 나쁜 카드가 들어오기 시작하면 계속 들어오는 것과 비슷하지 않을까? 멍청한 약쟁이를 남자친구로 둔 것도 그래서일 것이다. 미리엘이라는 번듯한 프랑스 성을 가진 놈이었는데 호프만에게 마약으로 진 빚이 13만 크로네에 달했다. 내가 마리아를 처음 본 것은 호프만 밑에서 포주로 일하는 피네가 한 여자를 가리켰을 때였다. 직접 만든 코트를 입고, 머리를 틀어 정수리에 동그랗게 말아 올린 여자는 마치 예배를 막 마치고 온 신자처럼 보였다. 리데르할렌의 계단에 앉아 울고 있었는데, 피네의 말에 따르면 자기 몸을 팔아 남자친구의 빚을 대신 갚기로 했단다. 나는 처음이니까 가볍게 시작하는 게 좋을 것 같아서 딸딸이를 대신 쳐주는 일부터 시켰다. 그런데 남자 고객이 기다리는 차에 탄 지 10초도 되지 않아 뛰쳐나오는 게 아닌가. 그러더니 우두커니 서서 평평 울었고, 피네는 그런 마리아에게 고래고래 소리를 질러댔다. 큰 소리로 말하면 미리아가 들을 수 있을 서라고 생각했을까? 아마 그게 문제였을 것이다. 고래고래 소리를 질러댄 것. 그리고 우리 엄마. 어쨌든 난 뚜껑이 확 열려버렸다. 피네가 요란한 음파를 이용해 마리아의 머릿속에 무언가 전달하고 싶어 했다는 건 알았지만 결국 나는 피네를 때려눕히고 말았다. 내 직속상관을. 그러고는 아직 세입자가 들어오지 않아 비어 있는 아파트로 마리아를 데려간 다음, 호프만을 찾아가 난 포주로서도 쓸모가 없는 인간이라고 말했다.

하지만 호프만은 자기에게 빚진 사람을 그냥 놔줄 수는 없다, 그런 일은 금방 소문이 나서 더 중요한 고객의 귀에까지 들어가기 때문이라고 말했다(그 말에는 나도 동의하지 않을 수 없었다). 그리하여 피네와 호프만이 그녀를, 남자친구의 빚을 대신 떠맡을 정도로 멍청한 마리아를 찾아다닌다는 걸 잘 알면서도 나는 다른 사람을 찾아다녔다. 그리고 마침내 파게르보르그의 폐건물에서 그 프랑스 놈을 찾아냈다. 놈은 마약에 절은 데다 오랫동안 무일푼으로 지냈는지 아주 거지꼴이었다. 아무리 털어봐야 땡전 한 푼 나올 것 같지 않았다. 나는 놈에게 또다시 마리아 근처를 얼씬거렸다가는 코뼈를 뇌 속에 박아버리겠다고 했다. 하지만 솔직히 말해서, 놈에게는 코뼈나 뇌나 별로 남아 있는 것 같지 않았다. 그러고는 다시 호프만에게 돌아가 마침내 마리아의 남자친구가 돈을 구해왔다면서 13만 크로네를 건넸다. 그러니 이젠 여자를 찾는 건 그만둬도 되지 않느냐고 덧붙이면서.

마리아가 그놈과 사귀는 동안 함께 마약을 했는지, 아니면 그녀도 복종할 대상을 찾아다니는 부류인지는 잘 모르겠다. 하지만 적어도 지금은 마약에서 손을 뗀 것 같았다. 그녀는 작은 슈퍼마켓에서 일하는데 난 가끔씩 그녀를 찾아가 무슨 문제는 없는지, 약쟁이 남자친구가 다시 나타나 깽판을 부리는 건 아닌지 확인한다. 물론 그녀의 눈에 띄지 않도록 어둠 속에 서서 불이 환히 밝혀진 슈퍼마켓을 바라보기만 한다. 그녀는 계산대에 앉아 비닐봉지에 물건을 담아주고, 누군가가 말을 걸면 대신 다른 직원을 가리킨다. 사람은 누구나 가끔씩 자기가 부모님의 기대에 부응하며 살고 있다고 느낄 필요가 있다. 아버지는 내게 어떤 기대를 했는지 모르기 때문에 이건 아마도 엄마의 기대에 부응하는 것이리라. 엄마는 당신 자신보다 다른 사람을 돌보는 데 능했다. 그리고 당시에는 나도 그게 바람직하다고 생각했다. 하느님은 아실 것이다. 게다가 어차피 난 돈을 쓸 데도 별로 없다. 그러니 그토록 손놀림이 느린 처자에게 좋은 패 하나쯤은 줄 수도 있는 거 아닌가?

어쨌든. 요약하자면 이렇다. 나란 인간은 천천히 운전하는 데 서툴고, 버터처럼 물러터진 데다 금방 사랑에 빠지며, 화나면 이성을 잃고, 셈에 약하다. 책을 좀 읽기는 했지만 아는 게 별로 없고 쓸 만한 지식이라곤 더더욱 없다. 내가 글을 쓰는 속도보다 종유석이 자라는 속도가 더 빠를 것이다.

그러니 대체 다니엘 호프만이 나 같은 인간을 어디에 써먹겠는가?

그 답은 (여러분도 이미 짐작했겠지만) 해결사다.

운전할 필요도 없고, 대부분 죽어 마땅한 인간들을 죽이며, 복잡하게 계산할 것도 없다. 지금부터는 얘기가 달라지지만.

이젠 두 가지를 계산해야 한다.

우선 늘 재깍재깍 흘러가는 시간을 계산해야 한다. 내가 아는게 너무 많아져서 보스가 슬슬 걱정하기 시작하는 게 정확히 언제부터일지. 그리하여 자기의 해결사인 나를 처리해야 하지 않을까 고민하기 시작하는 게 언제부터일지. 그 블랙 위도우라나 뭐라나 하는 암거미처럼 말이다. 그렇다고 내가 거미에 대해 잘 아는 건 아니지만, 그 암거미는 자기보다 몸집이 훨씬 작은 수거미들에게 자신과 교미하도록 허락한다. 그러고는 교미가 끝나서 더는 수거미가 필요 없어지면 잡아먹는다. 오슬로 공공도서관에서 읽은 〈동물의 왕국 4권: 곤충과 거미〉에는 블랙 위도우의 사진이 실려 있었는데 생식기에 씹어 먹다 만 수거미의 촉수(아마도 수거미의 페니스일 것이다)가 달려 있었다. 그리고 복부에는 모래시계 모양의 핏빛 자국이 찍혀 있었다. 왜냐하면 모래시계는 멈추지 않기 때문이야, 이 한심하고 음탕하고 조그만 수거미야. 넌 면회시간을 지켰어야 해. 더 정확히 말하면, 면회가 언제 끝나는지 알았어야 해. 그래서 옆구리에 총알 두 개가 박히든 말든 거기서 좆빠지게 도망쳤어야지. 널 구해줄 수 있는 유일한 대상에게 달려갔어야지.

그게 내 생각이다. 할 일을 하되 너무 가까이 다가가지 않기.

따라서 호프만이 새 일을 맡겼을 때 난 진짜 더럽게 걱정이 됐다.

그는 자기 아내를 죽여 달라고 했다.

2

"강도사건으로 위장했으면 좋겠네, 올라브."

"왜요?" 내가 물었다.

"살인이 아닌 사고처럼 보여야 하니까. 선량한 시민이 죽으면 경찰은 늘 분노하지. 사건을 해결하려고 약간 지나칠 정도로 용을 쓴단 말이야. 그리고 바람피운 여자가 시신으로 발견되면 남편이 가장 유력한 용의자야. 물론 그런 사건의 90퍼센트는 실제로 남편이 범인이기도 하고."

"74퍼센트예요, 어르신sir."

"뭐라고?"

"그냥 어디선가 읽었습니다, 어르신."

노르웨이에서는 상대가 아무리 나이가 많아도 '어르신'이라는 존칭은 잘 쓰지 않는다. 왕족이나 퇴면 모를까. 물론 그들에게는 전하라는 호칭이 더 적절하지만, 다니엘 호프만은 아마도 전하라고 불러주면 더 좋아할 것이다. '어르신'이라는 존칭을 붙여야 한다는 규율은 호프만이 영국에서 가져온 것이다. 가죽 소파, 빨간색 마호가니 책꽂이, 가죽으로 장정한 책들과 함께. 그 책들은 읽은 흔적이 없었고, 오래되어 책장이 누렇게 바랬는데 영국의 고전인 것 같았다. 하지만 내가 뭘 알겠는가. 그냥 디킨스, 브론테, 오스틴 같은 익숙한 이름들이 적혀 있기에 하는 말이다. 어쨌든 그 죽은 작가들이 호프만의 사무실 공기를 너무 메마르게 한 탓에 나는 그 사무실에만 다녀오면 한동안 침을 튀겨가며 기침을 한다. 호프만이 영국의 어떤 점에 그렇게 매료되었는지 모르겠지만 그는 그곳에서 잠깐 유학 생활을 했고, 트위드 양복이 가득 든 트렁크와 노르웨이 비음이 섞인 옥스퍼드식 영어, 야망을 가지고 돌아왔다. 학위나 자격증은 전혀 없었다. 그저 돈이 최고라는 신념뿐이었다. 아울러 사업에서 성공하려면 경쟁이 가장 약한 분야에 투자해야 한다는 신념도. 당시 오슬로에서는 그런 분야가 매매춘 사업이었다. 그의 분석은 정말로 그렇게 단순했을 것이다. 사기꾼, 머저리, 아마추어들이 운영하는 시장에서는 지극히 평균적인 사람도 왕이 될 수 있다고 다니엘 호프만은 생각했다. 그저 여자들을 고용해 매일 몸을 팔라고 내보낼 수 있을 정도의 도덕적 융통성만 있으면 그만이었다. 그리고 그 점을 충분히 고려

한 끝에 다니엘 호프만은 자신에게 그런 융통성이 있다는 결론을 내렸다. 몇 년 후, 헤로인 시장으로까지 사업을 확대했을 때 그는 이미 자수성가한 사람이었다. 당시 오슬로의 헤로인 시장은 사기꾼, 머저리, 아마추어는 물론 약쟁이들까지 운영했다. 호프만에게는 사람들을 마약 지옥으로 보낼 수 있을 정도의 도덕적 융통성도 있었고 이는 또 다른 성공으로 이어졌다. 이제 호프만의 유일한 문제는 뱃사람뿐이었다. 뱃사람은 최근 헤로인 시장에 새롭게 등장한 경쟁자인데 불행히도 그 역시 바보가 아니었다. 오슬로에는 두 파가 나눠 가질 정도로 약쟁이들이 충분한데도 (하느님은 아시리라) 그들은 서로를 잡아먹지 못해 안달이었다. 왜냐고? 글쎄, 둘 다 나와는 달리 복종할 대상을 찾아다니는 선천적 능력이 없기 때문일 것이다. 그런 사람들, 그러니까 늘 자기가 주도해야 하고 왕좌에 앉아야 직성이 풀리는 사람들이 자기 아내의 부정행위를 알게 되면 좀 골치 아파진다. 내 생각에 다니엘 호프만 같은 사람들은 눈감아주는 법을 배우면, 나아가 아내가 한두 번쯤 바람도 피울 수 있다는 사실을 받아들이면 더 단순하고 행복하게 살 수 있을 것이다.

"하지만 전 크리스마스에 여행을 다녀올 생각입니다. 동행과 한동안 노르웨이를 떠나 있을 거예요." 내가 말했다.

"동행? 그 정도로 가깝게 지내는 사람은 없을 텐데, 올라브. 그게 내가 자네를 좋아하는 이유 중 하날세. 비밀을 털어놓을 사람이 없다는 거." 호프만은 껄껄 웃으며 시가를 재떨이에 톡톡 털었다. 그 말이 기분 나쁘진 않았다. 좋은 뜻으로 한 말이라는 걸 알기 때문이다. 시가에 둘러진 종이 띠에는 '코이바'라고 적혀 있었다. 19세기 말의 서반구에서는 가장 흔한 크리스마스 선물이 시가였다고 읽은 적이 있다. 그럼 나도 시가를 선물할까? 하지만 난 그녀가 담배를 피우는지 안 피우는지조차 모른다. 최소한 일터에서는 담배 피우는 걸 본 적이 없다.

"아직 동행에게 말은 안 했지만-." 내가 설명하려고 입을 열었다.

"평소의 다섯 배를 주지. 그러니까, 그렇게 여행이 가고 싶으면 이 일을 끝낸 후에 그 의문의 동행과 영원한 크리스마스 휴가를 떠나라고."

나는 계산을 해보려 했다. 하지만 앞서 말했듯이 난 셈에 약하다.

"이게 주소일세." 호프만이 말했다.

지난 4년간 그를 위해 일했지만 난 그의 집 주소도 모른다. 하지만 다시 생각해보면 알아야 할 이유가 없다. 그도 내가 사는 집의 주소를 모르니까. 그의 부인도 만난 적이 없다. 그저 호프만의 부인이 얼마나 섹시한지 아느냐, 그런 년 하나만 잡아서 거리에 세워두면 돈방석에 앉을 수 있을 거라고 주절대던 피네의 말을 들었을 뿐이다.

"아내는 거의 하루 종일 집에 혼자 있네. 적어도 내게 말한 바로는 그래. 자네가 원하는 방식으로 처리하게, 올라브. 난 자넬 믿으니까. 나야 몰르면 몰를수록 좋지. 안 그런가?"

난 고개를 끄덕였다. 모르면 모를수록.

"무슨 말인지 알지, 올라브?"

"네, 어르신. 무슨 말인지 압니다."

"좋아."

"내일까지 생각할 시간을 주십시오, 어르신."

호프만은 깔끔하게 손질된 한쪽 눈썹을 치켜세웠다. 나는 진화나 뭐 그런 쪽에 대해서는 잘 모르지만 다윈이 인간의 감정을 대변하는 얼굴 표정은 보편적으로 여섯 개뿐이라고 말하지 않았나? 호프만에게 감정이 여섯 개나 있는지는 잘 모르겠지만, 그가 한쪽 눈썹을 치켜세움으로써 내게 전하고자 한 감정은(딱 벌어진 입이 의미하는 바와는 대조적으로) 심사숙고와 지성이 결합된 약간의 짜증인 듯했다.

"난 방금 세부 사항을 설명했네, 올라브. 그런데 이제 와서, 그걸 다 들은 후에야 거절할 생각이 들었다는 건가?"

이 말에 깃든 그의 협박은 아주 은근했다. 아니, 사실 정말로 그랬다면 내가 알아차리지 못했을 것이다. 나는 정말이지 눈치가 더럽게 없어서 사람들의 말에 깃든 저의라든가 행간의 의미를 전혀 읽어내지 못한다. 그러니 그의 협박은 꽤나 노골적이었다고 할 수 있을 것이다. 다니엘 호프만의 눈동자는 투명한 푸른색이고 속눈썹은 검었다. 만약 그가 여자였다면 난 속눈썹을 붙였다고 생각했을 것이다. 왜 이 얘기를 하는지 모르겠다. 아무 상관도 없는데.

"세부 사항을 듣기 전에는 미처 대답할 틈이 없었습니다, 어르신. 오늘 저녁때까지 답을 드리죠. 그래도 괜찮을까요, 어르신?"

그는 나를 바라보았다. 내 쪽으로 시가 연기를 내뿜었다. 나는 무릎에 손을 올려둔 채 잠자코 앉아 있었다. 내게는 없는 플랫 캡의 가장자리만 만지작거리면서.

"6시까지. 그때가 퇴근 시간이야." 호프만이 말했다.

나는 고개를 끄덕였다.

눈보라를 헤치며 도심을 가로질러 집으로 걸어가는 동안 4시가 되었고, 몇 시간 후에는 회색빛 햇살마저 사라지며 도시는 다시 어둠에 잠겼다. 바람은 여전히 세게 불었고 캄캄한 골목길에서는 불길하게 쌩쌩 소리마저 났다. 하지만 앞서도 말했듯이 난 귀신을 믿지 않는다. 신발 밑으로 먼지 쌓인 고서를 펼칠 때 책등이 빠개지는 듯한 소리가 났지만 난 생각에 잠겨 있었다. 보통은 생각이란 걸 하지 않으려고 한다. 하면 할수록 조금이라도 나아지는 분야가 아니기 때문이다. 게다가 내 경험상 생각한다고 해서 일이 잘된 적이 별로 없었다. 하지만 난 아까 말한 두 개의 계산 중에서 첫 번째를 생각하고 있었다. 일 자체는 아무 문제도 없다. 솔직히 말해서, 전에 했던 일들보다 수월할 것이다. 또 여자가 불쌍하지도 않았다. 앞서도 말했듯이 누구나 (남자든 여자든) 자기가 저지른 실수의 결과를 받아들여야 한다. 내가 걱정하는 것은 그 후에 일어날 일이다. 내가 다니엘 호프만의 마누라를 죽인 놈이 됐을 때 일어날 일. 나는 모든 내막을 아는 사람, 일단 경찰 조사가 시작되면 다니엘 호프만의 미래를 좌우할 수 있는 힘을 가진 사람이 되는 것이다. 누구에게도 결코 복종할 수 없는 남자를 좌우하는 힘. 게다가 평소 받던 보수의 다섯 배나 받아간 사람. 이번 일은 딱히 복잡하지도 않은데 왜 호프만은 그렇게 돈을 많이 준다고 했을까?

이건 마치 온갖 총으로 무장한 데다, 지고는 못 사는 네 명의 남자와 한 테이블에서 포커 게임을 하는데 내 손에 에이스 네 장이 들어온 것과 같다. 때때로 좋은 일은 너무 비현실적이어서 나쁘기도 하다.

자, 그러니 똑똑한 포커꾼이라면 이 상황에서 좋은 패를 포기하고 손해를 감수하며 다음 판에 더 나은, 그리고 더 적절한 행운이 오기를 기다릴 것이다. 내 문제는 이제 와서 판을 접기에 너무 늦었다는 것이다. 나는 호프만에게 아내를 살해할 계획이 있다는 걸 알아버렸다. 그 일을 하는 사람이 나든, 다른 사람이든 간에.

문득 내가 어디에 와 있는지 깨닫고 불빛 속을 바라보았다.

그녀의 정수리에 머리카락이 동그랗게 말려 있었다. 엄마가 그랬던 것처럼. 그녀는 말을 거는 손님들에게 고개를 끄덕이며 미소를 지었다. 아마 손님들은 대부분 그녀가 듣지도, 말하지도 못한다는 걸 알고 있을 것이다. 그런데도 그들은 그녀에게 "메리 크리스마스"라든가 "고마워요"라는 말을 건넸다. 사람들이 주고받는 전형적인 인사말.

평소 보수의 다섯 배. 영원한 크리스마스 휴가.

3

나는 비그되위 알레에 있는 호프만의 아파트 건너편 호텔에 작은 방 하나를 빌렸다. 며칠간 호프만의 아내를 지켜볼 계획이었다. 남편이 출근하고 없는 동안 그녀가 어디에 가는지, 혹은 찾아오는 사람이 있는지 알아보기 위해서였다. 그녀의 애인이 누군지 궁금해서는 아니다. 그저 여자를 처치하기에 가장 좋고 안전한 때가 언제인지 알아내기 위해서였다. 이를테면 여자가 집에 혼자 있고, 찾아오는 사람도 없는 때.

내가 얻은 방은 위치상으로 완벽해서 코리나 호프만이 들락거리는 것은 물론 그녀가 집 안에서 뭘 하는지까지 훤히 볼 수 있었다. 그들은 커튼을 칠 생각이 전혀 없는 듯했다. 햇빛이 거의 들지 않는 도시에서는 대부분 그럴 것이다. 게다가 거리의 사람들은 길에 서서 누군가의 집을 들여다보기보다 얼른 따뜻한 곳에 들어가고 싶어 한다.

처음 몇 시간 동안은 집 안에 아무도 보이지 않았다. 그저 불이 환하게 켜진 거실뿐이었다. 이 부부는 딱히 전기를 아끼는 것 같지 않았다. 가구는 영국산이 아니었고 오히려 프랑스 제품처럼 보였다. 특히 거실 한가운데 놓인 이상한 소파가 그랬다. 한쪽에만 등받이가 있는데 아마도 프랑스에서 '세이즈 라운지'라고 부르는 소파일 것이다. 그리고 프랑스어 선생님이 거짓말한 게 아니라면 그건 '긴 의자'라는 뜻이다. 의자의 목제 부분에는 좌우대칭의 화려한 무늬가 새겨졌고, 천에는 자연의 풍경이 수놓여 있었다. 엄마의 미술사 책대로라면 로코코 양식이었으나 의외로 노르웨이의 시골에서 한 가구장이가 대충 만든 다음, 노르웨이 전통 양식으로 페인트칠을 한 것일 수도 있다. 어쨌거나 젊은 사람의 취향은 아니라서 아무래도 호프만의 전 부인이 구입한 것 같았다. 피네의 말에 의하면 호프만은 전 부인이 쉰 살이 되던 해에 그녀를 내쫓았다고 한다. 이제 쉰이 되었다는 이유에서였다. 게다가 하나뿐인 아들마저 독립해 더는 집 안에서 그녀의 역할이 필요하지 않았다. 역시 피네의 말에 의하면 호프만은 그 이유를 전 부인에게 그대로 말했고, 그녀는 그걸 받아들였다고 한다. 바닷가 아파트 한 채에 1백 50만 크로네짜리 수표와 함께.

나는 시간을 때우기 위해 글을 쓰다 만 종이 뭉치를 꺼내 들었다. 글이라기보다 그냥 끼적거린 것에 불과하다. 아니, 그건 사실이 아니다. 이건 일종의 편지였다. 신원조차 모르는 누군가에게 보내는 편지. 사실은 누구에게 보내려는지 알고 있다. 하지만 난 글을 잘 쓰는 편이 아니라서 오자투성이에 삭제해야 할 부분도 많았다. 솔직히 말하면, 이 글을 쓰기까지 숱하게 많은 종이와 볼펜이 들었다. 지금도 글의 진도가 영 나가지 않아서 난 마침내 종이 뭉치를 내려놓고 담배에 불을 붙인 후, 백일몽에 빠져들었다.

앞서 말했듯이 난 호프만의 가족을 본 적이 없다. 하지만 여기 앉아 길 건너편 아파트를 들여다보면서 마음의 눈으로 그들을 볼 수 있었다. 나는 다른 사람들의 삶을 들여다보는 게 좋다. 늘 그랬다. 그래서 이번에도 저 아파트에서 살 가족의 삶을 상상해보았다. 학교에서 돌아온 아홉 살짜리 아들은 거실에 앉아 도서관에서 빌려온 온갖 이상한 책들을 읽고 있다. 엄마는 조용히 콧노래를 부르며 부엌에서 저녁을 준비한다. 현관에서 인기척이 들리자, 한순간 모자는 긴장한다. 하지만 남자의 목소리가 또렷하고도 활기차게 "나 왔어"라고 외치자, 두 사람은 동시에 안도의 한숨을 내쉰다. 그러고는 아빠를 맞이하기 위해, 포옹하기 위해 현관으로 달려 나간다.

내가 의자에 앉아 이런 행복한 몽상에 잠겨 있을 때 코리나 호프만이 침실에서 거실로 걸어 나왔다. 그리고 모든 것이 바뀌었다.

불빛.

온도.

계산.

그날 오후, 난 슈퍼마켓에 가지 않았다.

가끔씩 그랬던 것처럼 마리아를 기다리지도 않았고, 그녀와 충분한 간격을 유지한 채 지하철에 타지도 않았다. 지하철 객차 한가운데, 빈자리가 생겨도 그녀가 서 있곤 하는 그 자리에서 그녀바로 뒤에 서지도 않았다. 그날 오후에는 그렇게 그녀 뒤에 서서미친놈처럼 내게만 들리는 말을 그녀에게 속삭이지도 않았다.

그날 오후 나는 어두운 방에 홀린 듯이 앉아 길 건너편 여인을바라보았다. 코리나 호프만. 하고 싶은 말이 있다면 무엇이든 할수 있었다. 내가 원하는 만큼 큰 소리로. 들을 사람은 아무도 없었다. 마리아의 경우처럼 뒤에서만 바라볼 필요도, 머리카락을너무 뚫어지게 바라본 나머지 실제로는 존재하지도 않는 아름다움까지 찾아낼 필요도 없었다.

줄타기 곡예사. 코리나 호프만이 거실로 걸어 나왔을 때 처음든 생각이었다. 타월지로 만든 하얀 가운을 입은 그녀는 고양이처럼 움직였다. 그렇다고 해서 일부 포유동물, 이를테면 고양이나 낙타처럼 어슬렁어슬렁 걸었다는 뜻은 아니다. 그들은 한쪽의 두 발을 먼저 내밀고 그다음에 반대쪽 두 발을 내민다. 혹은 그렇다고 들었다. 그녀를 고양이에 비유한 이유는 (내가 제대로 알고 있다면) 고양이들이 발끝으로 걸으며, 뒷발로 앞발과 같은 자리를 밟기 때문이다. 코리나도 그렇게 걸었다. 발목을 쭉 뻗어 한 발로 바닥을 딛고 다른 쪽 발로 그 근처를 디뎠다. 줄타기 곡예사처럼.

코리나 호프만은 모든 것이 아름다웠다. 광대뼈가 두드러진 얼굴, 브리짓 바르도 같은 입술, 윤기가 흐르며 헝클어진 금발. 가운의 넓은 소매통 밖으로 뻗어 나온 길고 가는 팔. 가슴 윗부분은 너무도 부드러워 그녀가 움직이거나 숨을 쉴 때마다 조금씩 흔들렸다. 그리고 팔과 얼굴, 가슴, 다리의 희디흰 살결. 맙소사, 마치 햇빛에 반짝이는 눈 같았다. 보는 사람의 눈을 몇 시간 동안 멀게 만들 정도로 반짝이는 눈. 한마디로 나는 코리나 호프만의 모든 것이 좋았다. 호프만이라는 성만 제외하고.

그녀는 지루해 보였다. 커피를 마시고, 전화로 수다를 떨고, 잡지를 뒤적거렸지만 신문은 보지 않았다. 욕실로 사라졌다가 다시 나왔을 때도 여전히 가운을 입고 있었다. 레코드를 틀고 음악에 맞춰 건성으로 춤을 췄다. 스윙 댄스 같았다. 그러고는 간식을 먹었다. 시계를 봤다. 거의 6시가 다 되었다. 그녀는 옷을 갈아입고 머리를 손질하고 다른 음반을 틀었다. 나는 창문을 열고 무슨 음악인지 들어보려고 했지만 차 소리가 너무 시끄러웠다. 그래서 다시 쌍안경을 집어 들고 그녀가 테이블에 둔 음반 커버에 초점을 맞췄다. 앞면에 작곡가의 초상화가 있었다. 안토니오 루치오 비발디? 누가 알겠는가. 중요한 건 6시 15분이 되어 다니엘 호프만이 집에 왔을 때 그를 맞이한 여자는 하루 종일 나와 함께 있었던 여자와 완전히 다르다는 것이다.

그들은 서로를 피해 다녔다. 서로 건드리지도 않았고 말을 섞지도 않았다. 마치 같은 극성을 띠고 있어 서로를 밀어내는 두 개의 전자처럼. 그래도 잠은 한 침실에서 잤다.

나는 잠자리에 들었지만 좀처럼 잠이 오질 않았다.

우리도 언젠가 죽는다는 걸 깨닫게 되는 동기는 무엇일까? 죽음이 그저 하나의 가능성이 아니라 피할 수 없는 엿 같은 사실이라고 받아들이게 만드는 동기. 당연히 사람마다 다르겠지만 내 경우에는 아버지의 죽음을 지켜본 일이었다. 죽음이 얼마나 시시하고 물질적인지 지켜봤던 일. 창틀에 떨어져 죽은 파리처럼. 사실 그보다 더 흥미로운 건, 일단 그런 깨달음을 얻었는데도 왜 다시 죽음을 의심하느냐는 것이다. 우리가 더 똑똑해졌기 때문에? 데이비드 뭐라고 하는 철학자가 썼듯이 어떤 일이 계속 일어난다고 해서 그 일이 다시 일어난다는 보장이 없기 때문에? 우리는 논리적 근거도 없이 역사가 반복되리라는 사실을 부인하고 있다.

아니면 나이를 먹으면서 죽음에 더 가까워졌고 따라서 더 두려워졌기 때문일까? 아니면 완전히 다른 이유가 있는 걸까? 어느 날 그전까지는 존재하는 줄도 몰랐던 무언가를 보게 되는 것처럼? 알게 되리라고는 생각지도 못했던 무언가를 알게 되는 것처럼? 우리는 벽에 부딪칠 때 울리는 소리를 듣고 벽 뒤에 또 다른 방이 있다는 것을 깨닫는다. 그러면 희망이 반짝 생겨난다. 우리를 조금씩 갉아먹지만 그렇다고 무시해버릴 수도 없는, 우리를 지치게 하는 끔찍한 희망. 죽음으로부터 도망칠 길이 있을지도 모른다고, 우리가 알지 못하는 곳으로 가는 지름길이 있을지도 모른다는 희망. 죽음에 의미가 있고 이야기가 있으리라는 희망.

이튿날 아침, 나는 다니엘 호프만과 같은 시간에 일어났다. 그가 집을 나설 때도 거리는 여전히 칠흑처럼 어두웠다. 그는 내가 여기 있는 줄 모른다. 본인 입으로 말했듯이, 알고 싶어 하지 않았다.

그래서 난 불을 끄고 창가 옆 의자에 앉아 코리나가 일어나기를 기다렸다. 다시 종이 뭉치를 꺼내 내가 쓴 편지를 읽어보았다. 단어들은 평소보다 더 이해하기 힘들었고, 그나마 제대로 이해했던 소수의 단어들마저 별안간 아무 연관도 없고 죽은 것처럼 보였다. 왜 그냥 이 종이를 통째로 버리지 않았을까? 이 한심한 문장을 작성하는 데 너무 오랜 시간이 걸렸기 때문에? 나는 종이를 내려놓고 오슬로의 인적 없는 겨울 거리를 응시했다. 마침내 그녀가 나타났다.

그날도 전날과 비슷하게 흘러갔다. 코리나는 잠시 외출을 했고 나는 그녀를 미행했다. 마리아를 미행한 경험 덕분에 나는 들키지 않게 미행하는 가장 효과적인 방법을 알고 있었다. 코리나는 상점에서 스카프를 사고, 어떤 여자와 커피를 마셨는데 두 사람의 몸짓언어로 보아 친구 같았다. 그러고는 집으로 돌아갔다.

그때가 겨우 2시였다. 나는 커피 한 잔을 탔다. 그녀가 거실 가운데 놓인 세이즈 라운지에 누워 있는 것을 바라보았다. 그녀는 원피스를 입고 있었다. 낮에 외출할 때 입었던 것과 다른 원피스. 그녀가 움직일 때마다 원피스의 천이 몸 위에서 스르륵 움직였다. 세이즈 라운지는 이상한 가구다. 가구라고 하기도 그렇고, 아니라고 하기도 그렇고. 그녀는 좀 더 편안한 자세를 찾아 움직였는데 그 움직임이 느릿하고 정성스러우며 타인의 시선을 의식하는 듯했다. 마치 누군가가 자신을 지켜보고 있다는 걸 안다는 듯이. 상대가 자신을 원하고 있음을 안다는 듯이. 그녀는 전날과 마찬가지로 시계를 보고 잡지를 뒤적였다. 그러더니 갑자기 그녀의 몸이 긴장되었다. 아주 미묘하게.

나는 초인종 소리를 듣지 못했다.

그녀는 자리에서 일어나, 그 느릿하고 부드러운 고양이 걸음으로 현관에 가더니 문을 열었다.

남자는 검은 머리에 꽤 말랐으며 그녀와 비슷한 나이였다.

그는 집 안으로 들어오더니 문을 닫고 코트를 걸고 신발을 벗어 던졌다. 여기 처음 온 게 아닌 듯했다. 두 번째도 아닌 듯했다. 의심의 여지가 없었다. 처음부터 의심의 여지 따위는 없었다. 그런데 왜 난 의심한 걸까? 그러고 싶어서?

그가 여자를 때렸다.

난 너무 충격을 받아 내가 잘못 본 줄 알았다. 그러자 그가 다시 때렸다. 손으로 여자의 얼굴을 세게 내려쳤다. 그녀의 머리가 옆으로 돌아가고 금발이 그의 손가락에 엉켰다. 그녀의 입 모양으로 보아 비명을 지르고 있었다.

남자는 한 손으로 여자의 목을 움켜잡더니 다른 손으로 여자의 옷을 끌어 내렸다.

샹들리에 바로 아래에서 드러난 그녀의 살결은 너무 희어서 아무런 윤곽도 없이 평평해 보일 지경이었다. 그저 눈앞이 안 보일 정도의 순백색뿐이었다. 잔뜩 흐린 날 혹은 안개 낀 날에 평면광을 받은 눈처럼.

그는 세이즈 라운지 위에서 그녀를 가졌다. 그가 바지를 발목까지 내린 채 소파 끝에 서 있는 동안, 그녀는 유럽의 순결하고 이상화된 숲의 풍경을 묘사한 밝은 색깔의 자수 위에 누워 있었다. 남자는 깡말랐다. 갈비뼈 아래로 움직이는 근육이 보일 정도였다. 그의 엉덩이 근육에 힘이 잔뜩 들어갔다가 다시 풀어졌고, 남자는 몸을 부르르 떨었다. 마치 더 할 수 없어서 화가 난다는 듯이. 그녀는 다리를 양옆으로 벌린 채 수동적으로, 시체처럼 누워 있었다. 나는 눈을 돌리고 싶었지만 그럴 수가 없었다. 두 사람의 그런 모습은 무언가를 연상시켰다. 하지만 그게 무엇인지 알 수 없었다.

어쩌면 그날 밤, 모든 일이 진정된 후에 난 그게 무엇인지 알아낸 건지도 모른다. 알아냈든 못 알아냈든 그날 밤 꿈에 어릴 때 읽었던 책 속의 사진이 나왔다. 오슬로 공공도서관에서 빌린 〈동물의 왕국 1권: 포유류〉라는 책이었고, 탄자니아에 있는 세렝게티라나 뭐라나 하는 이름의 초원에서 찍은 사진이었다. 비쩍 마른 데다 상처까지 입어 잔뜩 성이 난 하이에나 세 마리가 자기들끼리 사냥을 했는지 아니면 사자들에게서 빼앗았는지 아무튼 먹이를 앞에 두고 있었다. 두 마리는 엉덩이에 잔뜩 힘을 준 채 얼룩말의 벌어진 복부에 주둥이를 파묻고 있었다. 나머지 한 마리는 카메라를 보고 있었는데 머리가 피로 얼룩진 채 뾰족한 이빨을 드러내고 있었다. 하지만 가장 기억에 남는 건 그놈의 눈빛이었다. 카메라를 바라보는, 나아가 책을 뚫고 나올 듯한 그 노란 눈동자의 눈빛. 그것은 경고였다. 이건 네 게 아니라 우리 거야. 그러니 꺼져. 아니면 너도 죽어버릴 거야.

4

지하철에서 당신 뒤에 서 있을 때면 난 늘 선로의 접합 부분을
지날 때까지 기다렸다가 말하기 시작해. 선로의 접합 부분이라
는 건 아마도 선로가 여러 갈래로 갈라지는 지점일 거야. 어쨌거
나 저 아래쪽에서 금속이 덜컹거리고 금속끼리 철컹철컹 부딪히
는 소리를 들으면 무언가가 떠올라. 잘 정리되면서 딱딱 맞아떨
어지는 무언가, 운명과 관련된 무언가. 갑자기 객차가 휘청거
리고, 이 지하철을 늘 타고 다니는 사람이 아니라면 다들 순간적
으로 균형을 잃으면서 무언가에 의지하기 위해 손을 뻗지. 똑바
로 서 있도록 도와줄 만한 것. 선로가 바뀔 때의 소음이 너무도
커서 내가 하고 싶은 말은 다 묻혀버려. 난 내가 하고 싶은 말은
무엇이든 속삭여. 나 외에는 아무도 내 말을 들을 수 없는 바로
그때에. 당신은 어차피 내 말을 못 듣지. 오로지 나만 내 말을 들

을 수 있어.

무슨 말을 하느냐고?

모르겠어. 그냥 머리에 떠오르는 대로 말해. 이런서런 것들. 그
게 어디서 왔는지 혹은 진심인지는 모르겠어. 아마 그 순간에는
진심이었을 거야. 왜냐하면 내가 군중 속에서 당신 바로 뒤에 서
서 당신의 올림머리를 바라보며 나머지 얼굴도 상상하고 있을 때
그 상상 속의 당신은 아름다우니까. 당신 역시 아름다우니까.

하지만 내가 아무리 상상을 해도 당신은 갈색 머리야. 그게 사
실이니까. 당신은 코리나처럼 금발이 아니야. 당신의 입술은 깨
물고 싶을 정도로 붉지 않아. 등의 움직임이나 가슴의 곡선에서
음악이 들리지도 않아. 당신이 지금까지 거기 있었던 건 다른 사
람이 없었기 때문이야. 전에는 있는 줄도 몰랐던 진공 상태를 당
신이 채워주었지.

당신은 집에서의 저녁 식사에 날 초대했어. 내가 당신을 곤경
에서 구해준 직후였지. 아마 감사 표시였을 거야. 쪽지에 날 초대
한다고 써서 내게 건넸지. 난 가겠다고 했어. 그 말을 종이에 쓰
려고 했는데 당신은 알아들었다는 뜻으로 미소를 지었어.

난 가지 않았어.

왜냐고?

내가 그런 질문의 답을 어떻게 알겠어?

나는 나고 당신은 당신이니까. 아마 그게 이유일 거야.

아니면 그보다 더 간단한 이유일 수도 있어. 당신은 귀머거리에 말도 못하고 절름발이이니까. 나는 내 장애만으로도 벅차. 앞서 말했듯이 사람 죽이는 일 말고는 아무짝에도 쓸모가 없고. 게다가 우리가 무슨 수로 소통을 하겠어? 당신은 분명 필담으로 가능하다고 말하겠지만 내겐(이미 말했듯) 난독증이 있어. 이미 말하지 않았다면 지금 말하지.

그리고 아마 당신도 상상이 갈 거야, 마리아. 내가 철자를 네 개씩이나 틀려가면서 간신히 '당신의 눈은 정말 아름다워'라고 쓴 글을 보고 당신이 다른 귀머거리들처럼 귀가 찢어질 듯한 고음으로 웃어대는 모습이 썩 섹시하진 않으리라는 걸.

어쨌든 난 가지 않았어. 그렇게 된 거야.

다니엘 호프만은 이번 일이 왜 이리 오래 걸리느냐고 따졌다.

나는 일에 착수하기 전, 우리와 연결되는 어떤 증거도 남기지 않도록 각별히 조심하려는 것인데 싫으냐고 했다. 그는 좋다고 했다.

그래서 나는 계속 아파트를 감시했다.

그 후로 며칠간 젊은 남자는 매일 같은 시각에 그녀를 찾아왔다. 주위가 다시 어두워진 직후인 3시 정각에. 처음에는 그녀도 양팔을 들어 올려 그의 공격을 막았다. 그녀의 입과 목 근육으로 보아 소리 지르고 있음을, 멈추라고 사정하고 있음을 알 수 있었다. 하지만 그는 멈추지 않았다. 그녀의 양 볼에서 눈물이 흘러내릴 때까지. 그런 후에야, 오로지 그런 후에야 그는 그녀의 원피스를 끌어 내렸다. 매번 다른 옷이었다. 그러고는 세이즈 라운지 위로 그녀를 밀쳤다. 둘의 관계에서 그가 우위인 게 분명했다. 아무래도 그녀는 그를 못 말리게 사랑하는 모양이었다. 마리아가 약쟁이 남자친구를 사랑했듯이. 어떤 여자들은 자기에게 가장 좋은 게 무엇인지 모른다. 그리하여 답례로 아무것도 요구하지 않은 채 그저 사랑을 줄줄 흘리고 다닌다. 마치 그렇게 아무 보답도 못받는다는 사실이 그들을 더욱 불타오르게 하는 것처럼. 내 생각에 그들은 언젠가 보상받기만을 계속 바라고 있는 듯하다, 가엾게도. 희망과 절망의 열병. 이 세상은 그렇게 돌아가지 않는다고 누가 가르쳐줘야만 한다.

하지만 난 코리나가 사랑에 빠졌다고는 생각하지 않는다. 그에게 그런 식으로 관심이 있는 것 같지는 않았다. 물론 사랑을 나눈 후에 그를 애무하고, 온 지 45분쯤 되어 그가 떠나려 하면 현관까지 배웅을 나가고, 약간 가식적으로 그에게 매달리고, 애정 어린 말을 속삭이기는 한다. 그래도 그가 떠난 후에는 안도하는 듯했다. 그리고 난 사랑이 어떤 것인지 알고 있다. 그렇게 믿고 싶다.

그러니 오슬로 거물 마약상의 젊은 부인이 왜 고작 자기를 때리는 남자와의 싸구려 정사를 위해 기꺼이 다 버릴 각오를 한단 말인가?

나흘째 저녁이 되어서야 그 답이 생각났다. 이걸 깨닫는 데 왜 그리 오래 걸렸는지 이상할 정도였다. 남자는 그녀에 대해 무언가를 알고 있는 것이다. 그가 원하는 대로 해주지 않으면 다니엘 호프만에게 일러바칠 수 있는 무언가를.

닷새째 아침에 눈을 떴을 때 나는 결심했다. 우리가 모르는 어떤 곳으로 가는 지름길을 시험해보고 싶었다.

5

눈이 가볍게 흩날리고 있었다.

3시에 도착한 남자는 그녀에게 무언가를 주었다. 작은 상자 안에 든 물건이었는데 내가 있는 곳에서는 그게 뭔지 보이지 않았다. 순간적으로 그녀의 표정이 환해지는 것만 보였다. 거실의 큼직한 창문 밖 어둠까지 환해질 정도로. 그녀는 놀란 듯했다. 나도 놀랐다. 하지만 방금 그녀가 저놈에게 보여준 미소를 나도 받아 내리라고 다짐했다. 그러기 위해선 이 일을 제대로 해내야 한다.

4시가 조금 넘어(그는 평소보다 약간 오래 머물렀다) 그가 그녀의 집에서 나왔을 때 나는 길 건너편 어둠에서 대기 중이었다.

그가 어둠 속으로 사라지자, 나는 위를 올려다보았다. 그녀는 무대에 선 배우처럼 거실 창문 앞에 서 있었고, 한쪽 손을 들어 올려 손 위의 무언가를 바라보았는데 그게 무엇인지는 보이지 않았다. 그러더니 갑자기 눈을 들어 내가 있는 어둠을 응시했다. 그녀가 절대 날 볼 수 없다는 건 알지만 그래도……. 그 시선은 무언가를 찾는 듯했고 무엇이든 꿰뚫어볼 것 같았다. 갑자기 그녀의 표정이 겁에 질리고 절박해졌으며 무언가를 애원하는 듯했다. 어느 책에 나왔듯이 '운명을 거역할 수 없다는 깨달음'이었다. 어느 책이었는지는 모르겠지만. 나는 코트 주머니 속의 권총을 꽉 쥐었다.

그녀가 창문에서 물러날 때까지 기다린 후에야 나는 어둠에서 나왔다. 얼른 길을 건넜다. 방금 내린 고운 눈에 놈의 발자국이 찍혀 있었다. 나는 서둘러 뒤를 쫓았다.

다음 모퉁이를 돌자 놈의 등이 보였다.

당연히 난 몇 가지 가능성을 생각해두었다.

어딘가에 그의 차가 주차되어 있을 수도 있다. 그렇다면 아마도 프롱네르의 뒷골목일 것이다. 인적도 없고 조명도 많지 않은 곳. 혹은 그가 어딘가를 들를 수도 있다. 바나 레스토랑. 그런 경우에는 기다릴 수 있다. 나는 가진 게 시간밖에 없는 사람이다. 게다가 기다리는 걸 좋아한다. 결정을 내린 후부터 그걸 실행에 옮기기 전까지의 시간이 좋다. 그 몇 분, 몇 시간, 며칠만이 아마도 짧게 끝날 이 삶에서 내가 유일하게 중요한 사람이 될 수 있는 때다. 누군가의 운명을 좌우할 수 있는 사람.

그가 버스나 택시를 탈 가능성도 있다. 그럴 경우에는 코리나에게서 조금이라도 멀리 떨어진 곳에서 일이 끝난다는 장점이 있다.

남자는 국립극장 옆 지하철역으로 향했다.

지하철역에 사람이 워낙 많아 나는 그에게 좀 더 가까이 다가갔다.

그는 서쪽 행 승강장으로 내려갔다. 그러니까 오슬로 서부 지역에 살고 있다는 뜻이다. 내게는 친숙하지 않은 동네. 돈은 넘쳐나고, 쓸 데는 별로 없고. 아버지가 입버릇처럼 하던 말이다. 무슨 뜻으로 한 말인지는 모르겠지만.

마리아가 타는 지하철과 다른 방면이긴 하지만 처음 몇 정거장은 노선이 겹쳤다.

나는 그의 바로 뒷자리에 앉았다. 지하철이 터널 속으로 들어갔지만 어차피 밖에도 어두웠던 터라 별 차이가 없었다. 곧 그 지점에 도달할 것이다. 그러면 금속이 덜컹덜컹 부딪히고 객차가 휘청이겠지?

그 지점을 지날 때 총부리를 앞좌석 등받이에 대고 방아쇠를 당길까 하는 생각을 잠깐 해보았다.

마침내 그 지점을 지나자, 그 소리가 연상시킨 게 무엇인지 처음으로 깨달았다. 금속과 금속이 부딪치는 소리. 무언가가 정리

되고 딱딱 맞아떨어지는 느낌. 운명의 느낌. 그것은 내가 사람을 처리할 때 나는 소리였다. 총의 부품들, 핀과 공이치기, 노리쇠가 움직이고 반동할 때의 소리.

빈데른 역에서 내린 승객은 우리뿐이었다. 나는 그를 미행했다. 눈이 뽀드득거렸다. 나는 내 발소리가 나지 않도록 그와 걸음을 일치시켰다. 길 양쪽으로 주택이 드문드문 자리했지만 거리에는 여전히 우리뿐이라 마치 달에라도 와 있는 듯했다.

나는 그의 뒤로 바짝 다가갔다. 이웃 사람인지 보려고 그랬는지 아무튼 그가 반쯤 몸을 돌렸을 때 나는 그의 꼬리뼈를 쏘았다. 그는 울타리 옆으로 쓰러졌고 나는 발로 그의 몸을 뒤집었다. 그는 초점 없는 눈동자로 나를 바라보았고, 나는 그가 이미 죽었다고 생각했다. 그런데 그때 그의 입술이 움직였다.

애초에 심장이나 목, 머리를 쏠 수도 있었다. 그런데 왜 등을 쐈을까? 물어보고 싶은 게 있어서? 그럴지도 모른다. 하지만 지금은 기억나지 않았다. 혹은 별로 중요하게 느껴지지 않았다. 가까이서 봐도 전혀 특별할 게 없는 남자였다. 나는 그의 얼굴을 쐈다. 주둥이에 피가 묻은 하이에나.

울타리 위로 한 소년의 머리가 삐죽 솟아 있었다. 벙어리장갑과 모자는 눈투성이였다. 아마 눈사람을 만드는 중이었으리라. 오늘처럼 눈이 보슬보슬할 때는 눈사람을 만들기가 쉽지 않다.

뭘 만들든 무너지고, 손가락 사이로 부서지기 마련이다.

"죽었나요?" 소년이 시체를 내려다보며 물었다. 방금 전까지 살아 있던 사람을 시체라고 하는 게 이상할 수도 있지만 난 늘 그렇게 생각한다.

"네 아빠니?" 내가 물었다.

소년은 고개를 저었다.

왜 그런 생각이 들었는지 모르겠다. 왜 소년의 태도가 너무 담담하다는 이유만으로 저기 죽어 있는 남자가 소년의 아빠일 거라고 생각했을까? 음, 사실은 그 답을 알고 있다. 나라면 그런 반응을 보였을 테니까.

"이 아저씨는 저기 살아요." 소년이 시체에서 눈을 떼지 않은 채 벙어리장갑에 붙은 눈을 빨아먹으며 다른 손으로 어딘가를 가리켰다.

"내가 다시 와서 널 잡아가진 않을 거야. 하지만 내 얼굴은 잊어라. 알겠니?" 내가 말했다.

"알았어요." 눈 범벅이 된 장갑 위에서 소년의 볼이 안쪽으로 쏙 들어갔다 다시 나왔다. 마치 엄마 젖을 빠는 갓난아기처럼.

나는 뒤로 돌아 아까 왔던 길을 그대로 다시 걸어갔다. 권총 손잡이를 잘 닦은 다음, 얇게 쌓인 눈이 녹아내리고 있는 맨홀 속에 버렸다. 이 총은 곧 발견될 것이다. 하지만 조심성 없는 아이들보다는 경찰이 발견해야 한다. 누군가를 처리한 후에는 절대 지하철이나 버스, 택시를 이용하지 않는다. 그것은 금기사항이다. 대개 그냥 빠른 걸음으로 걷는다. 경찰차가 내 쪽으로 오는 게 보이면 뒤로 돌아 사건 현장 쪽으로 걸어간다. 마요르스투아에 도착해서야 처음으로 사이렌 소리가 들렸다.

6

불과 몇 주 전의 일이다. 나는 늘 그렇듯 슈퍼마켓 영업이 끝나는 시간에 슈퍼마켓 뒤쪽 주차장의 쓰레기통 옆에 숨어 기다리고 있었다. 부드러운 딸깍 소리와 함께 슈퍼마켓 뒷문이 열리고 다시 쾅 닫히는 소리가 들렸다. 마리아는 발을 절었기 때문에 발소리를 알아듣기 쉬웠다. 나는 좀 더 기다렸다가 그녀와 같은 방향으로 걸어갔다. 바로 그거다. 난 그녀를 따라가는 게 아니다. 우리의 목적지를 결정하는 사람은 당연히 그녀였고, 그날 우리는 곧장 지하철로 가지 않았다. 꽃집에 들렀다가 아케르 교회의 공동묘지에 갔다. 묘지에는 아무도 없었고, 난 그녀의 눈에 띄지 않도록 밖에서 기다렸다. 묘지에서 나오는 그녀의 손에서 노란 꽃다발이 사라지고 없었다. 그녀는 지하철역이 있는 키르케바이엔 가 쪽으로 걸어갔고, 나는 공동묘지로 들어갔다. 생긴 지 얼마 안 된, 하지만 이미 꽁꽁 얼어버린 무덤에 그녀의 꽃다발이 놓여 있었다. 번쩍거리고 멋진 묘비도 있었는데 눈에 익은 프랑스 이름이 새겨져 있었다. 그놈이었다. 마리아의 약쟁이 남자친구. 난 그가 죽은 줄도 몰랐다. 분명 아는 사람이 많지 않은 듯했다. 정확한 사망 날짜 없이 그저 1975년 10월이라고만 적혀 있었다. 정확한 날짜를 모를 때는 대충 짐작으로 적어 넣는 줄 알았는데 아니었다. 그래서인지 그렇게 외로워 보이지 않았다. 이 눈 덮인 공동묘지에 다른 사람들과 함께 누워 있으니 덜 외로워 보였다.

남자를 해치우고 집으로 걸어가면서 이젠 마리아를 그만 따라다녀도 되겠다고 생각했다. 그녀는 안전했다. 그녀도 자기가 안전하다는 걸 알았으면 좋겠다. 그녀의 약쟁이 남자친구가 지하철에서 그녀 뒤에 서서 이렇게 속삭였으면 좋겠다. "내가 다시 와서 널 잡아가진 않을 거야. 하지만 내 얼굴은 잊어." 그래, 그랬으면 좋겠다. 난 이제 당신을 따라다니지 않을 거야, 마리아. 당신 인생은 지금부터 시작이야.

나는 보그스타바이엔 가의 공중전화 앞에 멈춰 서서 숨을 들이쉬었다.

이 전화 통화와 함께 내 인생도 시작되리라. 일단 다니엘 호프만에게서 벗어나야 한다. 그게 시작이다. 나머지는 확실하지 않

47

왔다.

"보냈습니다." 내가 말했다.

"잘했어."

"사모님 말고 놈을요."

"뭐라고?"

"그 애인이라고 하는 놈을 보냈습니다." 통화할 때 우리는 늘 '보냈다'라는 표현을 쓴다. 혹시라도 누가 우리 통화를 도청하거나 엿들을 경우를 대비해서였다. "다시는 그놈을 볼 일이 없을 겁니다, 어르신. 그리고 두 사람은 진짜 연인 사이도 아니었습니다. 놈이 사모님께 강요한 거죠. 사모님은 그놈을 사랑하지 않은 게 분명합니다, 어르신."

나는 빠르게 말했다. 평소보다 빠르게. 그러자 오랫동안 침묵이 흘렀다. 다니엘 호프만이 코로 씩씩거리는 소리가 들렸다. 말이 코를 푸르릉거리는 듯한 소리였다.

"네가…… 네가 벤야민을 죽였다고?"

전화를 하지 말았어야 했다.

"네가…… 하나밖에 없는…… 내 아들을 죽여?"

뇌가 음파를 기록하면서 해석하고 그걸 단어로 번역하더니 그제야 분석을 시작했다. 아들이라고? 어떻게 그럴 수가 있지? 머릿속에서 어떤 생각이 떠오르기 시작했다. 놈이 신발을 벗어 던지던 방식. 마치 그 집에 여러 번 와봤다는 듯이. 마치 예전에 거기 살았다는 듯이.

나는 전화를 끊었다.

코리나 호프만은 겁에 질린 눈으로 날 바라봤다. 아까와는 다른 옷을 입고 있었고 머리는 아직 젖어 있었다. 지금이 5시 5분이니 아마 전에도 그랬듯 남편이 오기 전에 애인의 흔적을 모두 지우기 위해 샤워했을 것이다.

난 당신을 죽이라는 명령을 받았어요, 나는 방금 전 그녀에게 그렇게 말한 참이었다.

그녀는 문을 닫으려고 했으나 내가 더 빨랐다.

나는 문틈으로 발을 집어넣고 문을 잡아 열었다. 그녀는 휘청거리며 뒤로, 거실의 환한 조명 속으로 들어갔다. 그러더니 세이즈 라운지를 붙잡았다. 소품을 활용하는 무대 위의 여배우처럼.

"제발……." 그녀가 한쪽 팔을 앞으로 뻗으며 말문을 열었다. 무언가가 반짝거렸다. 큼직한 보석이 박힌 반지. 전에는 본 적이 없었다.

나는 앞으로 한 발짝 다가갔다.

그녀는 큰 소리로 비명을 지르더니 테이블 램프를 붙잡아 내게 휘둘렀다. 나는 뜻밖의 기습에 너무 놀라 간신히 몸을 숙였고, 미친 듯이 팔을 휘둘러대는 그녀의 공격을 피했다. 힘과 가속도 때문에 그녀는 금세 균형을 잃었고 난 그녀를 붙잡았다. 손바닥에 그녀의 축축한 살갗이 느껴지고 진한 향기가 코를 찔렀다. 뭘로 샤워를 한 거지? 나는 그녀를 꼭 껴안았고 그녀의 가쁜 호흡을 느꼈다. 맙소사, 이 자리에서 당장 그녀를 갖고 싶었다. 하지만 안 돼. 난 그놈과 달라. 그들과 다르다고.

"당신을 죽이러 온 게 아니에요, 코리나." 내가 그녀의 머리카락에 대고 속삭였다. 나는 그녀를 들이마셨다. 마치 아편을 피우는 기분이었다. 몸이 무감각해지면서 동시에 모든 감각이 떨렸다. "당신에게 남자가 있다는 걸 다니엘이 알고 있어요. 벤야민. 이제 그자는 죽었어요."

"벤야민이…… 벤야민이 죽었다고요?"

"그래요. 당신이 여기 있으면 다니엘이 당신도 죽일 겁니다. 그러니까 나와 함께 가야 해요, 코리나."

그녀는 혼란스러운 표정으로 눈을 깜빡였다. "어디로요?"

놀라운 대답이었다. 나는 "왜?" "당신 누구야?" 혹은 "거짓말!" 같은 대답을 예상했다. 아마 내 말이 사실이라는 걸, 지금이 긴박한 상황이라는 걸 그녀도 본능적으로 깨달았을 것이다. 그래서 곧장 요점을 물었을 것이다. 혹은 너무 혼란스럽고 자포자기한 상태여서 머릿속에 맨 먼저 떠오른 생각을 툭 내뱉었을 수도 있다. 어디로요?

"방 뒤의 방으로요." 내가 말했다.

7

그녀는 내 집의 유일한 안락의자에 몸을 동그랗게 웅크리고 앉아 날 바라보았다.

그러고 있으니 한층 더 아름다웠다. 겁에 질리고, 연약하고, 홀로 있는 모습이. 나에게 의지하는 모습이.

나는 쓸데없이 이런저런 설명을 늘어놓았다. 우리 집은 그렇게 자랑할 만한 집은 아니다, 기본적으로 거실과 침대만 있는 그냥 원룸이다, 깨끗하고 깔끔하기는 하지만 당신 같은 여자가 지낼 만한 곳은 아니라고. 하지만 굉장한 장점이 하나 있는데 아무도 여기를 모른다고. 더 정확히 말하면 아무도, 정말 글자 그대로 아무도 내가 여기 사는 것을 모른다고.

"왜요?" 내가 건네준 커피잔을 감싸 쥐며 그녀가 물었다.

아까 그녀는 차를 마시고 싶다고 했지만 난 그러려면 내일 아침까지 기다려야 한다. 아침에 가게가 문을 열자마자 가서 사오겠다. 그녀가 아침에 차를 즐겨 마신다는 걸 알고 있다. 지난 닷새 동안 그녀가 매일 아침 차를 마시는 걸 봤다고 말했다.

"이런 일을 하려면 내가 어디 사는지 아무도 모르는 게 제일 좋으니까요." 내가 대답했다.

"하지만 이젠 내가 알게 됐군요."

"네."

우리는 말없이 커피를 마셨다.

"그럼 당신에겐 친구나 가족도 없단 말인가요?" 그녀가 물었다.

"어머니는 있습니다."

"하지만 어머니도 당신이 어디 사는지……?"

"모르시죠."

"당신이 무슨 일을 하는지도 당연히 모르겠네요."

"네."

"어머니께는 무슨 일을 한다고 했어요?"

"청소부라고 했어요."

"사람을 청소하니까 청소부?"

나는 코리나 호프만을 바라보았다. 정말로 궁금해서 묻는 걸까? 아니면 할 얘기가 없어서?

"네."

"그랬군요." 그녀는 몸을 부르르 떨더니 가슴 앞에서 팔짱을 꼈다. 보일러를 최고로 높게 틀었지만 난일 유리로 된 창문과 일주일 넘게 영하 20도로 떨어졌던 기온 때문에 집 안에는 냉기가 돌았다. 나는 커피잔을 만지작거렸다.

"어떻게 할 거예요, 올라브?"

나는 식탁 의자에서 일어났다. "당신이 덮을 만한 담요가 있는지 찾아보죠."

"아뇨, 앞으로 어떻게 할 거냐고요."

그녀는 씩씩했다. 어쩔 수 없는 일은 무시해버리고 계속 앞으로 나아가는 사람이 있다면 그 사람은 씩씩한 것이다. 나도 그렇다면 좋을 텐데.

"그이가 날 뒤쫓을 거예요. 우리를요. 영원히 여기 숨어 있을 순 없어요. 그이는 영원히 우릴 뒤쫓을 테니까요. 내 말 믿어요. 난 그이를 알아요. 그렇게 수치스럽게 사느니 차라리 죽을 사람이죠."

나는 뻔한 질문을 하고 싶었다. 그걸 알면서 왜 그의 아들과 바람을 피운 거죠?

하지만 대신 덜 뻔한 질문을 했다.

"수치심 때문에 죽는다고요? 당신을 사랑해서가 아니고?"

그녀는 고개를 끄덕였다. "말하자면 길어요."

"시간은 충분합니다. 보다시피 이 집에는 텔레비전도 없고요."

그녀가 웃었다. 나는 아직 담요를 가져오지 않았다. 또한 묻고 싶어서 입이 근질근질한 질문도 하지 않았다. 그를 사랑했나요? 그 아들을?

"올라브?"

"네?"

그녀가 목소리를 낮췄다. "왜 날 구해준 거죠?"

나는 숨을 깊이 들이쉬었다. 이 질문의 대답을 미리 준비해두었다. 그것도 첫 번째 대답이 먹히지 않을 경우를 대비해 여러 개나. 그랬다고 생각했는데 그 순간 모든 대답이 사라져버렸다.

"잘못됐으니까요." 내가 말했다.

"뭐가요?"

"그가 하려는 일이요. 자기 아내를 죽이려는 일."

"만약 당신 부인이 당신 집에서 다른 남자를 만나고 있다면 당신은 어떻게 할 건데요?"

정곡을 찌르는 질문이었다.

"당신은 심성이 착한 거 같아요, 올라브."

"요즘에는 착한 심성이 영 돈벌이가 안 되죠."

"아뇨, 그렇지 않아요. 심성이 착한 사람은 흔치 않아요. 그리고 늘 필요한 존재고요. 당신은 흔치 않은 사람이에요, 올라브."

"잘 모르겠네요."

그녀는 하품을 하더니 기지개를 켰다. 고양이처럼 유연하게. 고양이는 어깨가 정말로 유연해서 어디든 일단 머리만 집어넣을 수 있으면 몸 전체가 다 빠져나갈 수 있다. 사냥에 유용한 특징이다. 도망치는 데도.

"당신이 담요를 찾아오면 좀 자야겠어요. 오늘은 너무 큰일을 겪었으니까요." 그녀가 말했다.

"시트를 갈아줄 테니까 침대에서 자도록 해요. 난 소파에서 자는 데 익숙해요."

"정말요?" 그녀가 미소를 지으면서 커다랗고 푸른 눈으로 윙크를 했다. "그렇다면 이 집에서 자고 간 사람이 내가 처음이 아니라는 뜻인가요?"

"아뇨, 당신이 처음이에요. 그게 아니라 가끔씩 소파에서 뭔가를 읽다가 그대로 잠들어버리거든요."

"뭘 읽는데요?"

"별거 아니에요. 그냥 책이죠."

"책?" 그녀는 고개를 갸웃하더니 짓궂은 미소를 지었다. 마치 그게 거짓말이라는 증거라도 잡았다는 듯이. "하지만 이 집에 책은 딱 한 권뿐인데요?"

"도서관에서 빌려 봐요. 책은 자리를 차지하니까. 게다가 난 짐을 줄이는 중이라서요."

그녀는 테이블에 놓인 책을 집어 들었다. "레미제라블? 무슨 내용이에요?"

"아주 많은 것에 대한 이야기죠."

그녀의 한쪽 눈썹이 올라갔다.

"가장 큰 줄거리는 한 남자가 자신이 지은 죄를 용서받으려고 한다는 겁니다. 그는 좋은 사람이 되어 자신의 과거를 보상하며 여생을 보내죠."

"흠." 그녀는 책을 들어 무게를 가늠해보았다. "꽤 무겁네요. 이 안에 로맨스도 있나요?"

"네."

그녀는 책을 내려놓았다. "앞으로 어떻게 할 건지 아직 말 안했어요, 올라브."

"앞으로 우리가 할 일은, 다니엘 호프만이 우리를 처리하기 전에 우리가 먼저 그를 처리하는 겁니다."

머릿속에서 처음 이 문장을 작성했을 때는 바보같이 들렸다. 그리고 입 밖으로 내서 말하는 지금도 여전히 바보같이 들렸다.

8

이튿날 아침 나는 일찌감치 호텔로 갔다. 하지만 호프만의 아파트를 마주 보는 방 두 개는 이미 다른 손님이 투숙 중이었다. 할 수 없이 이른 아침의 어둠에 잠긴 호텔 앞 도로에 서 있었다. 주차된 밴 뒤에 숨어 호프만의 집을 올려다보았다. 기다렸다. 코트 주머니 속의 권총을 꽉 쥐었다. 그는 보통 이 시간에 출근한다. 물론 지금은 보통 때가 아니지만. 거실에 불이 켜졌지만 누가 있는지는 전혀 보이지 않았다. 내가 코리나를 데리고 도망쳐 코펜하겐이나 암스테르담의 호텔에 숨어 있는 일은 없으리라는 걸 호프만도 알 것이다. 첫째로 그건 내 방식이 아니고, 어차피 내겐 그럴 돈도 없었으며 호프만도 그 사실을 알고 있었다. 이번 일을 맡을 때 내가 선수금을 달라고 했기 때문이다. 그는 왜 돈이 없느냐고 물었다. 내가 앞서 두 건의 일을 해치우고 보수를 받은 직후였기 때문이다. 나는 그냥 씀씀이가 커서 그렇다고 둘러댔다.

만약 호프만이 내가 아직 오슬로에 있으리라고 짐작했다면 그 다음 사실도 짐작했을 것이다. 내가 그에게 당하기 전에 먼저 공격하리라는 것. 우리는 서로를 잘 알고 있었다. 하지만 상대를 좀 안다고 생각하는 것과 확실히 아는 것은 별개이고, 예전에 내 생각이 틀린 적도 있었다. 그러니 어쩌면 저 집에는 호프만 혼자 있을지도 모른다. 그렇다면 그가 건물에서 나올 때가 가장 좋은 기회다. 그의 뒤로 출입문의 잠금장치가 딸칵 잠기며 그가 다시 건물 안으로 들어갈 수 없을 때 나는 길을 건너가 5미터쯤 떨어진 지점에서 그의 상체에 두 발을 발사한다. 그런 다음 근거리에서 머리에 다시 두 발.

꿈도 야무지지.

문이 열렸다. 호프만이 보였다.

그리고 브륀힐셴과 피네도. 브륀힐셴은 개털로 만든 듯한 부분가발에 연필로 그린 것처럼 가느다란 아치 모양의 콧수염을 길렀다. 피네는 여름이고 겨울이고 할 것 없이 일 년 내내 입고 다니는 캐러멜 브라운 색 가죽 재킷에 작은 모자를 쓰고, 귓등에 담배 한 개비를 꽂고 있었다. 그의 입은 쉴 새 없이 움직였는데 가끔씩 몇몇 단어들이 길 너머까지 들렸다. "좆나 춥네"와 "그 개새끼".

호프만은 건물 출입문 안쪽에 서 있었고, 그의 두 마리 전투견은 보도로 나와 재킷 주머니에 손을 깊숙이 찔러 넣은 채 거리를 위아래로 살펴보았다.

그리디니 호프만에게 나와노 된다고 손짓하고 차가 있는 쪽으로 걸어가기 시작했다.

나는 몸을 움츠린 채 반대 방향으로 걸어갔다. 괜찮다. 아까도 말했듯이 그건 야무진 꿈이었다. 이제 적어도 하나는 알게 되었다. 내가 이 상황을 어떻게 해결하려는지, 즉 내가 죽느니 그를 죽이기로 했다는 걸 호프만도 짐작하고 있다는 것.

어쨌든 다시 원래 계획으로 돌아가야 한다.

내가 차선책부터 시도한 이유는 원래 계획에서 마음에 드는 구석이 하나도 없기 때문이다.

9

나는 영화를 좋아한다. 독서만큼은 아니지만 좋은 영화도 책과 비슷한 기능이 있는데 사물을 다른 시각으로 보게 한다는 것이다. 하지만 지금까지 어떤 영화도 싸움에 대한 내 철학을 바꾸지는 못했다. 내 편이 많고, 무기가 많을수록 싸움에서 이긴다는 철학. 한 사람이 여러 명과 싸울 때 양쪽 다 단단히 무장하고 잘 대비했다면 혼자 싸우는 사람이 반드시 지게 되어 있다. 기관총을 가진 쪽이 있다면 무조건 그쪽이 이긴다. 그것이 내가 개고생을 하며 얻은 깨달음이기에 나는 그게 사실이 아닌 척하며 혼자 싸울 생각이 추호도 없었다. 그건 어디까지나 사실이니까. 그래서 난 뱃사람을 찾아갔다.

　뱃사람은 앞서도 말했듯이 다니엘 호프만과 함께 오슬로 헤로인 시장의 양대 거물이다. 그다지 큰 시장은 아니지만 헤로인이 주요 상품이고, 손님들은 기꺼이 돈을 지불하고, 가격이 비싸기 때문에 수익이 엄청났다. 이 모든 것은 러시아 루트 혹은 북부 수입로를 확보하면서 시작됐다. 1970년대 초반 호프민이 러시아인들과 손잡고 이 수입로를 개척했을 당시, 대부분의 헤로인은 골든 트라이앵글에서 생산되어 터키와 유고슬라비아를 거치는 소위 발칸 루트를 통해 들어왔다. 당시 호프만 밑에서 포주로 일했던 피네의 말로는 매춘부들의 90퍼센트가 헤로인을 상용했기 때문에 보수를 헤로인으로 지급하든, 돈으로 지급하든 상관없었다고 한다. 따라서 호프만은 헤로인을 더 싼값에 구할 수 있다면 매춘 사업의 수익도 덩달아 올라갈 거라고 생각했다.

더 싼 헤로인은 남쪽이 아니라 북쪽에서 찾아냈다. 사람이 살기 힘든 스발바르 제도의 작은 북극 섬. 이 섬은 노르웨이와 소련의 영토로 나눠졌고, 각 나라가 자기들의 영토에서 탄광을 운영했다. 섬에서의 삶은 힘들고 단조로웠으며, 호프만은 노르웨이인 광부들로부터 러시아인 광부들이 고독을 달래기 위해 보드카와 헤로인, 러시안 룰렛에 빠져 산다는 끔찍한 이야기를 들었다. 그리하여 그 섬을 찾아가 러시아인들을 만났고 계약을 체결해 돌아왔다. 아프가니스탄에서 생산된 생아편이 배로 소련에 운반되면 거기서 헤로인으로 정제되어 다시 북쪽의 아르한겔스크와 무르만스크로 보내진다. 그 마약을 노르웨이까지 운반하는 건 사실상 불가능한 일이었다. 소련 공산주의자들이 나토에 소속된 노르웨이와의 접경 지역을 엄중히 감시하기 때문이다. 노르웨이도 마찬가지였다. 하지만 기온이 영하 40도까지 떨어지고 접경 지역의 감시자가 북극곰뿐인 스발바르 제도를 통해서라면 가능했다.

그곳에서 호프만의 연락책인 노르웨이 측 광부는 트롬쇠행 국내 비행기로 물건을 보냈다. 트롬쇠 세관에서는 광부들이 보낸 짐을 절대 검색하지 않기 때문이다. 광부들이 저렴한 면세 술을 몇 박스씩 국내로 반입시킨다는 건 누구나 아는 사실이었는데도. 세관원들조차도 그들이 그런 특혜쯤은 누릴 자격이 있다고 생각하는 듯했다. 또한 그들은 훗날 이렇게 주장했다. 그렇게 많은 양의 헤로인을 밀반입해 비행기와 기차, 자동차로 오슬로까지 운반할 수 있다고 생각하는 건 너무 순진하다, 분명 직원들에게 봉투 몇 개라도 건넸을 거라고.

하지만 호프만의 말에 따르면 세관원들에게는 한 푼도 주지 않았다고 한다. 그럴 필요가 없었다. 경찰은 이런 상황을 전혀 모르고 있었기 때문이다. 그 섬의 노르웨이 영토인 롱위에아르뷔엔 외곽에서 버려진 스노우스쿠터 한 대가 발견되기 전까지는.

북극곰이 훼손한 사체는 러시아인으로 밝혀졌고, 스쿠터의 기름 탱크에는 총 4킬로그램에 달하는 순도 높은 헤로인이 여러 봉지 들어 있었다.

경찰과 세관원들이 성난 벌떼처럼 그 지역에 몰려들자, 마약 운반 작전은 잠시 중단되었다. 오슬로의 헤로인 시장은 패닉 상태에 빠졌다. 하지만 탐욕은 눈이 녹아 흘러내리는 물과 같아서 한쪽 길이 막히면 그저 새 길을 찾아내기 마련이다. 여러 개의 직함을 가졌지만 무엇보다 사업가라고 할 수 있는 뱃사람은 그 현상을 이렇게 표현했다. 충족되지 못한 수요는 어떻게든 충족시킬 방법을 찾아낸다. 그는 뚱뚱하고 쾌활한 남자로, 팔자 콧수염 때문에 산타클로스를 연상시켰다. 그가 사업상 이득이라는 판단하에 생선 다듬는 칼로 당신을 베어버리지만 않는다면. 그는 몇 년간 소련의 보드카를 밀수했는데 먼저 소련에서 고깃배에 보드카를 실어 보내면 바렌츠 해에서 다시 노르웨이 고깃배로 운반해 버려진 어구에 보관하는 방식이었다. 그 어구는 뱃사람이 운영할 뿐 아니라 나무통, 그물 하나까지 모조리 그의 소유였다. 그들은 생선 보관용 상자에 술병을 가득 담았고, 생선 운반차로 그 상자를 오슬로까지 배달했다. 운반차 안에는 물론 생선도 있었다. 오슬로에 도착한 보드카는 뱃사람이 운영하는 가게의 지하 저장고로 운반되었다. 그 가게는 위장용이 아니라 뱃사람 집안이 3대째 운영해온 진짜 생선 가게로, 수익이 특출하게 많지는 않지만 그렇다고 큰 손해를 보지도 않았다.

러시아인들이 뱃사람에게 보드카 대신 헤로인을 거래할 생각이 없느냐고 묻자, 뱃사람은 계산을 해보았다. 마약 거래를 하다 잡힐 위험과 잡혔을 때의 법적 형벌을 계산한 후에 그는 하기로 결정했다. 따라서 다니엘 호프만이 스발바르 무역을 재개했을 때 그에게는 경쟁자가 생겼다. 그리고 그는 그런 사실이 마음에 들지 않았다.

이 대목에서 내가 등장한다.

앞서 말한 것 같은데, 당시 범죄자로서 내 이력은 다소 초라했다. 은행을 털다 실패해 복역했고, 호프만 밑에서 피네를 도와 포주로 일하다가 잘려서 뭔가 할 만한 일이 없을까 찾던 중이었다. 그러던 차에 다시 호프만으로부터 연락이 왔다. 믿을 만한 소식통으로부터 내가 한 밀수업자를 처치했는데 그 시체가 할덴의 항구에서 머리통이 거의 날아간 채 발견되었다는 소식을 들었기 때문이다. 아주 전문적인 살인 청부업자의 솜씨야, 라고 호프만이 말했다. 내게는 더 나은 명성이 없었기 때문에 굳이 부인하지 않았다.

호프만이 준 첫 번째 임무는 베르겐 출신의 마약상을 제거하는 일이었다. 그는 호프만 밑에서 일하다가 마약을 조금씩 빼돌렸고, 후에 발각되었으나 자신이 훔치지 않았다고 발뺌하더니 결국에는 뱃사람에게로 가 그의 밑에서 일하고 있었다. 그를 찾아내기는 쉬웠다. 베르겐 사람들은 유달리 말소리가 큰 데다 그가 마약을 파는 중앙역 근처에서 베르겐 특유의 r을 굴리는 발음이 쩌렁쩌렁 울렸기 때문이다. 사람을 죽이는 일도 두 번째부터는 쉬워진다디니 맞는 말이었다. 나는 놈을 컨테이너항으로 데려갔고 할덴 항구의 살인사건과 비슷해 보이도록 머리에 두 발을 쐈다. 할덴 사건은 이미 용의자가 있었기에 경찰은 사건 첫날부터 엉뚱한 곳을 수사하기 시작했고, 내 근처에는 오지도 않았다. 호프만은 내가 일류 살인 청부업자라는 확신을 얻어 내게 두 번째 임무를 주었다.

이번에는 어떤 젊은 놈이었는데 호프만에게 전화해 뱃사람보다는 호프만 밑에서 일하고 싶다는 의향을 밝혔다고 한다. 그러면서 뱃사람에게 발각되지 않도록 은밀한 곳에서 만나 세부 사항을 의논하자고 했단다. 더는 생선 가게의 악취를 견딜 수 없다면서. 그놈은 더 그럴싸한 이야기를 지어냈어야 했다. 호프만은 내게 연락해 뱃사람이 자길 죽이려고 그 젊은 놈을 보낸 것 같다고 했다.

이튿날 저녁, 나는 상크트 한스헤우겐에 위치한 공원 꼭대기에서 그를 기다렸다. 거기서는 주위가 훤히 다 보였다. 사람들은 옛날에 여기서 제물을 바쳤기 때문에 귀신이 나온다고들 했다. 엄마는 예전에 인쇄업자들이 여기서 잉크를 끓였다고 했다. 난 그저 이곳을 예전 쓰레기 소각장으로만 알고 있다. 일기예보에서는 오늘 저녁 기온이 영하 12도까지 떨어질 거라고 했다. 그러니 이곳엔 우리 두 사람뿐일 것이다. 9시가 되자, 한 남자가 공원 꼭대기로 이어지는 긴 길을 올라오고 있었다. 그가 꼭대기에 도달했을 무렵에는 추운 날씨인데도 이마가 땀으로 번들거렸다.

"일찍 왔군." 내가 말했다.

"넌 누구야?" 그가 머플러로 이마를 닦으며 물었다. "호프만은 어딨지?"

우린 동시에 권총을 향해 손을 뻗었지만 내가 더 빨랐다. 나는 그의 가슴과 팔꿈치 바로 위를 맞혔다. 그는 총을 떨어뜨리고는 뒤로 쓰러졌다. 눈 위에 누운 채 눈을 깜박거리며 날 올려다보았다.

나는 그의 가슴에 총구를 댔다. "얼마나 받았지?"

"2…… 2만."

"그 돈이면 사람을 죽여도 된다고 생각한 거야?"

그는 입을 벌렸다가 다물었다.

"어차피 난 널 죽일 거야. 그러니까 괜히 똑똑한 대답을 생각해내려고 머리 굴릴 거 없어."

"딸린 애가 넷인데 겨우 방 두 개짜리 아파트에 살고 있어." 그가 말했다.

"보수를 선불로 받았길." 나는 그렇게 말하고 총을 쐈다.

그는 신음했지만 그대로 누워 눈을 껌벅거렸다. 나는 그의 코트 앞면에 뚫린 두 개의 총알구멍을 바라보았다. 그러고는 단추가 우두둑 뜯어질 정도로 코트를 양옆으로 잡아 벌렸다.

그는 흉갑을 입고 있었다. 방탄조끼가 아니라 염병할 쇠사슬로 만든 흉갑. 고대 바이킹들처럼. 적어도 스노리 스툴리손이 쓴 왕들의 이야기*에 나온 삽화 속 바이킹들은 그랬다. 어릴 때 도서관에서 그 책을 얼마나 자주 빌렸는지 나중에는 더 이상 대출해주지 않았다. 쇠사슬. 그가 언덕을 올라올 때 땀을 뻘뻘 흘린 게 당연했다.

"이게 뭐야?"

"아내가 만들어줬어. 연극용으로. 성 올라브**가 주인공인 연극."

나는 손끝으로 금속 고리를 훑어 내렸다. 고리는 서로 촘촘히 엮여 있었다. 이 고리가 몇 개나 될까? 2만 개? 4만 개?

"아내가 이걸 꼭 입고 나가라고 해서⋯⋯."

신앙심이 독실한 왕이 살해되는 연극을 위해 만든 흉갑.

나는 총구를 그의 이마에 댔다.

---

* 노르웨이 왕조사(王朝史)인 헤임스크링글라를 말한다.
** 1015년부터 1028년까지 노르웨이를 지배한 바이킹 왕. 노르웨이 국민을 가톨릭으로 개종시켰기에 사후에 '성 올라브'로 불린다.

"'그대는 저 개의 흉갑이 없는 부분을 공격하라.'"*

"스노리 스툴리손." 그가 속삭였다. "올라브 왕이 전투 중에-."

"맞았어." 나는 그의 말을 자르고 방아쇠를 잡아당겼다.

그의 지갑 속에는 50크로네, 아내와 네 아이들을 찍은 사진 한 장, 이름과 주소가 적힌 신분증이 들어 있었다.

베르겐 남자와 흉갑을 입은 남자, 그리고 최근에 부둣가에서 죽인 남자. 이 세 사람 때문에 난 뱃사람을 피해 다닐 수밖에 없었다.

이튿날 아침 일찍 난 뱃사람의 가게로 갔다.

융스토르게에 있는 아일레르센과 아들들이라는 이름의 생선 가게는 묄레르 가 19번지의 경찰서에서 엎드리면 코 닿을 거리였다. 소문에 의하면 뱃사람이 보드카를 밀수하던 시절에는 경찰이 그의 단골이었다고 한다.

살을 에는 듯한 칼바람에 어깨를 움츠린 채 나는 자갈밭을 가로질러 갔다.

---

* 스노리 스툴리손이 저술한 헤임스크링글라에 나오는 문장. 토리르 훈과의 전투에서 올라브 왕은 칼로 토리르 훈을 찌르지만 그가 사슴 가죽으로 만든 갑옷을 입은 덕분에 죽이지 못했다. 그러자 화가 난 올라브 왕이 부하인 비에른에게 했던 말이다. 여기서 개는 토리르 훈(Thorir Hund)을 말하는데 hund에 '개'라는 뜻도 있기 때문이다. 결국 올라브 왕은 이 전투에서 토리르 훈이 찌른 창에 맞아 죽는다.

이제 막 문을 연 시간이었는데도 가게는 손님들로 복작거렸다.

가끔은 뱃사람이 직접 손님들을 상대하기도 한다는데 오늘은 아니었다. 카운터의 여직원들은 계속 손님을 응대했는데 젊은 남자 직원은 날 보더니 반회전문을 통과해 가게 뒤로 사라졌다. 나를 노려봤던 걸로 보아 그저 생선을 자르고, 무게를 달고, 포장하는 일만 하는 사람은 아닌 것 같았다.

잠시 후 주인이 나왔다. 뱃사람. 머리부터 발끝까지 하얀색이었다. 하얀색 앞치마와 모자. 심지어 하얀색 클로그 샌들을 신고 있었다. 수영장에서 일하는 망할 놈의 인명구조원처럼. 그는 카운터를 돌아 내게 다가왔다. 불룩 나온 배 위의 앞치마에 손을 닦았다. 그러고는 아직도 문짝이 앞뒤로 움직이고 있는 반회전문을 향해 고갯짓을 했다. 문 사이로 틈이 생길 때마다 깡마르고 눈에 익은 형체가 보였다. 클라인Klein이라 불리는 남자였다. 그 이름이 '작다'라는 뜻의 독일어에서 왔는지, 아니면 '아프다'라는 뜻의 노르웨이어에서 왔는지는 모르겠다. 그게 진짜 이름인지도 의심스럽다. 아마 셋 다일 것이다. 반회전문이 벌어질 때마다 그의 생기 없고 새까만 눈과 마주쳤다. 총신을 잘라낸 산탄총이 그의 발치까지 내려와 있는 것도 보였다.

"주머니 근처로 손을 가져가지 않는 게 좋을 거야." 뱃사람이 산타클로스처럼 씩 웃으며 나직이 말했다. "여기서 살아 나가고 싶다면."

난 고개를 끄덕였다.

"우린 크리스마스용 대구*를 파느라 바빠, 젊은이. 그러니 용건이 있으면 빨리 말하고 꺼져."

"경쟁자를 제거하도록 도와줄 수 있습니다."

"자네가?"

"네. 제가요."

"배신자로는 안 봤는데, 젊은이."

그가 날 이름이 아니라 젊은이라고 부르는 건 내 이름을 몰라서일 수도 있고, 날 무시하고 싶어서일 수도 있고, 자기가 나에 대해 얼마나 아는지(조금이라도 안다면) 알려줄 이유가 없다고 생각해서일 수도 있다. 아마 세 번째 이유일 것이다.

"가게 뒤로 가서 얘기할 수 있을까요?" 내가 물었다.

"여기서 해도 괜찮아. 듣는 사람 아무도 없어."

"내가 호프만의 아들을 쐈습니다."

뱃사람은 한쪽 눈을 찡그리고 다른 쪽 눈으로 나를 빤히 보았다. 오랫동안. 손님들은 "메리 크리스마스!"라고 외쳐댔고, 그들이 문을 열고 나갈 때마다 따뜻하고 김이 자욱한 가게 안으로 차

* 노르웨이에서는 크리스마스이브에 대구 요리를 먹는 전통이 있다.

가운 돌풍이 밀어닥쳤다.

"뒤로 가지." 뱃사람이 말했다.

그는 내게 부하 셋을 잃었다. 자기 부하를 셋이나 죽인 사람에게 원한을 품지 않으려면 지독하게 냉정한 사업가여야 한다. 나는 그저 내 제안이 그의 구미를 당기기를, 그가 내 생각만큼 냉정한 사업가이기를 바랄 뿐이었다. 내 이름도 모르는 척 시침을 뗀 것처럼.

나는 낡은 나무 테이블에 앉았다. 바닥에는 폴리스티렌으로 만든 튼튼한 상자가 있었는데 얼음과 냉동 생선이 가득 들어 있었다. 그리고 호프만의 주장대로라면 헤로인도 들어 있을 터였다. 실내 온도는 높아야 5, 6도 정도였다. 클라인은 계속 서 있었다. 내가 이야기하는 동안, 클라인은 자기가 흉측한 산탄총을 들고 있다는 걸 전혀 의식하지 못하는 듯했다. 산탄총의 총구는 오로지 나만을 겨냥하고 있었는데도. 나는 최근에 있었던 사건들을 죽 설명했다. 거짓말을 하지는 않았지만 필요 이상으로 자세하게 말하지도 않았다.

내 이야기가 끝났는데도 뱃사람은 그 염병할 외눈으로 날 계속 바라보았다.

"그래서 호프만의 마누라가 아니라 아들을 쐈다고?"

"그게 아들인 줄 몰랐습니다."

"자네 생각은 어때, 클라인?"

클라인은 어깨를 으쓱였다. "어제 빈데렌에서 어떤 놈이 총에 맞아 뒈졌다는 기사는 봤습니다."

"나도 봤어. 어쩌면 호프만과 여기 있는 그의 해결사가 신문에 난 사건을 이용해 우리가 믿을 수밖에 없는 이야기를 지어낸 건 지도 모르지."

"경찰에 전화해서 피살자의 이름이 뭔지 물어보세요." 내가 말했다.

"그럴 거야." 뱃사람이 말했다. "먼저 네가 왜 호프만의 부인을 살려주고 지금도 그 여자를 숨겨주고 있는지 들은 후에."

"그건 당신이 알 바 아닙니다."

"살아서 나가고 싶으면 말하는 게 좋을걸. 그것도 빨리."

"호프만이 여자를 때렸습니다."

"아버지 아니면 아들?"

"둘 다요." 나는 거짓말을 했다.

"그래서? 누가 자기보다 강한 사람에게 맞는다고 해서 꼭 억울한 사연이 있다는 법은 없어."

"특히 그런 창녀 같은 년은요." 클라인이 말했다.

"큭큭큭." 뱃사람이 웃었다. "저 눈 좀 봐, 클라인. 널 죽이고 싶은가 봐. 아무래도 그 여자와 사랑에 빠진 모양이야."

"상관없습니다." 클라인이 말했다. "저도 이 새끼를 죽이고 싶으니까요. 마오가 이놈 손에 죽었죠."

내가 죽인 뱃사람의 부하 셋 중에서 누가 마오인지 알 수 없었다. 하지만 상크트 한스헤우겐에서 죽인 남자의 운전면허증에 '마우리츠'라고 적혔던 걸로 보아 아마도 그를 말하는 듯했다.

"크리스마스 대구가 기다리고 있습니다. 어떻게 하시겠습니까?" 내가 물었다.

뱃사람은 콧수염의 한쪽 끝을 잡아당겼다. 저 남자는 몸에 밴 비린내를 한 번이라도 말끔히 씻어낸 적이 있을까? 그가 자리에서 일어났다.

"'불신보다 더한 외로움이 어디 있을까?' 이게 무슨 뜻인지 아나, 젊은이?"

나는 고개를 저었다.

"모르겠지. 그 베르겐 친구도 우리에게 처음 왔을 때 모른다고 했어. 또 자네에 대해 말하길, 자넨 너무 모자라서 마약상으로도 일할 수 없다고 했지. 2 더하기 2도 모른다고."

클라인이 킥킥 웃었다. 나는 잠자코 있었다.

"시인인 T. S. 엘리엇이 한 말이라네, 젊은이." 뱃사람은 한숨을 내쉬었다. "의심하는 자가 얼마나 외로운지 표현한 거야. 모든 리더는 언젠가 그런 외로움에 시달리기 마련이지. 정말이야. 그리고 수많은 남편들도 살면서 한 번쯤은 그런 외로움을 느끼고. 하지만 대부분의 아버지는 거기서 벗어나게 되지. 호프만은 세 가지 형태로 그 외로움을 맛봤겠군. 자기 해결사, 부인, 아들에게. 이건 뭐, 그가 불쌍해질 지경이야." 그는 반회전문으로 걸어가더니 문짝에 달린 둥근 창 너머로 가게 안을 바라보았다. "원하는 게 뭐지?"

"가장 실력 있는 사람으로 두 명만 주세요."

"우리에게 무슨 군대라도 있는 것처럼 말하는군, 젊은이."

"호프만도 대비하고 있을 겁니다."

"정말인가? 자기가 자네를 쫓는다고 생각하는 게 아니라?"

"호프만은 절 잘 압니다."

뱃사람은 마치 콧수염을 뽑기라도 하려는 듯이 세게 잡아당겼다. "클라인과 덴마크를 데려가게."

"그러지 말고 덴마크와-."

"클라인과 덴마크."

나는 고개를 끄덕였다.

뱃사람은 다시 나를 가게로 안내했다. 나는 가게 출입문에 다가가 유리 안쪽에 서린 김을 닦았다.

오페라파사엔 옆에 한 남자가 서 있었다. 내가 이 가게에 왔을 때는 없었던 사람이다. 저 남자가 눈을 맞으며 저기 서 있는 데는 수백 가지 이유가 있을 수 있다.

"연락할 수 있는 전화번호가-?"

"없습니다." 내가 말했다. "만날 일이 있으면 내 쪽에서 연락하죠. 가게에 뒷문이 있나요?"

뒷길을 통해 집으로 가면서 나는 그다지 나쁘지 않은 거래였다고 생각했다. 내 편이 둘이나 생겼고, 난 아직 살아 있으며, 새로운 사실도 배웠다. 불신의 외로움을 표현한 그 문장을 시인인 T. S. 엘리엇이 썼다는 사실. 난 지금까지 그 여자 작가가 쓴 줄 알았다. 이름이 뭐였더라? 조지 엘리엇?* "상처받아? 그는 절대 상처받지 않아. 다른 사람에게 상처를 주려고 태어난 사람이니까."** 그렇다고 내가 시인을 믿는 건 아니다. 귀신을 믿지 않듯이.

* 올라브가 알고 있는 대로 원래 그 문장은 조지 엘리엇이 쓴 〈미들마치〉의 한 구절이다.
** 역시 조지 엘리엇의 작품 〈사일러스 마이너〉의 한 구절.

10

내가 장을 봐 온 음식들로 코리나가 간단히 식사를 차렸다.

"맛있네요." 식사가 끝나자 냅킨으로 입을 닦고, 그녀의 컵과 내 컵에 물을 따르며 내가 말했다.

"어쩌다 이렇게 됐어요?" 그녀가 물었다.

"이렇게라니요?"

"그러니까…… 어쩌다 이 일을 하게 됐냐고요. 예를 들면, 그냥 아버지가 하던 일을 계속할 수도 있었잖아요. 설마 아버지도-."

"아버지는 돌아가셨어요." 나는 그렇게 말하며 컵의 물을 한 번에 다 들이켰다. 음식이 좀 너무 짰다.

"아, 정말 유감이에요, 올라브."

"그럴 거 없어요. 아무도 그렇게 생각하지 않으니까."

코리나가 웃었다. "당신 정말 재밌어요."

내게 그런 말을 한 사람은 그녀가 처음이었다.

"그럼 음악이나 듣죠."

나는 레코드플레이어에 짐 리브스의 음반을 걸었다.

"옛날 노래를 좋아하는군요." 그녀가 말했다.

"음반이 몇 개 안 돼서요."

"춤도 안 추겠죠?"

나는 고개를 끄덕였다.

"냉장고에 맥주도 없고요?"

"맥주 마시고 싶어요?"

그녀는 한쪽 입꼬리를 올리며 미소를 지은 채 날 바라보았다. 내가 또 웃긴 말이라도 했다는 듯이.

"이제 그만 소파로 갈까요, 올라브?"

내가 커피를 타는 동안, 그녀는 식탁을 치웠다. 그게 왠지 기분 좋았다. 그런 다음, 함께 소파로 가서 앉았다. 짐 리브스가 당신을 사랑한다고, 왜냐하면 당신은 날 이해해주기 때문이라고 노래했다. 낮에는 날씨가 조금 풀렸는데 이젠 다시 창밖으로 통통하고 큼직한 눈송이가 날렸다.

나는 그녀를 바라보았다. 한편으로는 너무 긴장돼서 차라리 좀 떨어진 의자에 앉고 싶었지만, 다른 한편으로는 그녀의 가는 허리에 팔을 둘러 끌어당기고 싶었다. 그녀의 붉은 입술에 키스하고 싶었다. 윤기 흐르는 그녀의 머리카락을 쓰다듬고 싶었다. 조금 더 꽉 껴안고 싶었다. 그녀의 몸 안에서 공기가 빠져나오고, 그래서 그녀가 숨을 헉 들이쉬고, 그녀의 가슴과 배가 내게 밀착될 정도로 세게. 나는 현기증이 났다.

레코드플레이어의 바늘이 음반 한가운데로 미끄러지더니 위로 올라갔다가 다시 제자리로 돌아갔다. 빙글빙글 돌아가던 음반이 서서히 멈췄다.

나는 침을 꿀꺽 삼켰다. 손을 들어 올리고 싶었다. 그녀의 목이 어깨로 이어지는 부분에 손을 대고 싶었다. 하지만 손이 부들부들 떨렸다. 손뿐 아니라 몸 전체가 그랬다. 마치 독감 같은 병에라도 걸린 것처럼.

"저기, 올라브……." 코리나가 내 쪽으로 몸을 숙였다. 이 진한 향기가 향수인지 아니면 그녀의 체취인지 알 수 없었다. 나는 숨이 가빠 입을 벌려야만 했다. 그녀가 내 앞에 있던 커피 테이블에서 책을 집어 들었다. "괜찮다면 이걸 큰 소리로 읽어줄래요? 사랑 이야기가 나오는 부분을요……."

"나도 그러고 싶은데……." 내가 말문을 열었다.

"그럼 읽어요." 그녀가 두 다리를 들어 소파 위에 나란히 놓으며 말했다. 그러고는 한 손을 내 팔 위에 올렸다. "난 사랑을 사랑하거든요."

"하지만 읽어줄 수 없어요."

"그냥 읽으면 돼요!" 그녀가 웃으며 책을 펼치더니 내 무릎에 올려놓았다. "부끄러워하지 말아요, 올라브, 그냥 읽어요! 여긴 당신과 나뿐—."

"난독증이 있어요."

불쑥 튀어나온 내 말에 그녀는 동작을 멈추고 눈을 깜박거렸다. 마치 내가 그녀를 때리기라도 했다는 듯이. 젠장, 사실은 나도 놀랐다.

"미안해요, 올라브, 하지만…… 당신이 지난번에…… 난 그래서……." 그녀는 말을 멈췄고 정적이 내려앉았다. 레코드플레이어에서 음악이 계속 흘러나오고 있었더라면 좋았을 텐데. 나는 눈을 감았다.

"글을 읽을 순 있어요." 내가 말했다.

"그래요?"

"네."

"하지만 글자를 볼 수 없는데 어떻게…… 읽을 수가 있죠?"

"볼 수 있어요. 하지만 가끔씩 잘못 보죠. 그래서 다시 봐야 해요." 나는 눈을 떴다. 그녀의 손은 아직 내 팔에 있었다.

"하지만…… 잘못…… 잘못 봤다는 걸 어떻게 알죠?"

"대개는 말이 안 되는 단어들을 보고 알아요. 하지만 가끔씩 한

참 후에야 단어가 잘못됐다는 걸 깨닫죠. 그래서 완전히 다른 이야기로 알고 있는 경우도 있어요. 책 한 권 값으로 두 개의 이야기를 읽는 셈이죠."

그녀가 웃었다. 큰 소리로 까르르. 옅은 어둠 속에서 그녀의 눈동자가 반짝거렸다. 나도 웃었다. 누군가에게 내가 난독증이라고 말한 게 이번이 처음은 아니었다. 하지만 누가 그에 관해 계속 물어본 적은 처음이었다. 그리고 엄마나 선생님이 아닌 사람에게 난독증을 설명하려고 한 적도 처음이었다. 그녀의 손이 내 팔 아래로 미끄러졌다. 알아차리지 못할 정도로 살짝. 예상했던 일이었다. 곧 내게서 손을 뗄 것이다. 하지만 내 생각과 달리 그녀는 내 손을 잡았다. 그리고 꽉 쥐었다. "당신은 정말 재밌는 사람이에요, 올라브. 그리고 친절하고요."

창틀을 따라 눈이 쌓이기 시작했다. 눈의 결정들이 서로 엮이기 시작했다. 금속 사슬의 고리처럼.

"그럼 내게 이야기를 들려줘요. 이 책에 나오는 사랑 이야기를요." 그녀가 말했다.

"좋아요." 나는 그렇게 말하며 무릎 위에 펼쳐진 책을 내려다보았다. 장 발장이 죽음을 눈앞에 둔 쇠약한 창녀를 돌보는 장면이었다. 난 잠시 생각하다가 마음을 바꿔 코제트와 마리우스의 이야기를 들려주었다. 그리고 소매치기로 키워져 마리우스와 가망 없는 사랑에 빠지고 결국은 사랑을 위해, 다른 사람의 사랑을 위해 목숨을 바친 에포닌의 이야기도. 이번에는 하나도 빠뜨리지 않고 자세히 들려주었다.

"어머, 정말 멋지네요." 내 이야기가 끝나자 코리나가 외쳤다.

"네. 에포닌은⋯⋯."

"코제트와 마리우스가 해피엔딩으로 끝났다는 게."

나는 고개를 끄덕였다.

코리나는 내 손을 꼭 쥐었다. 이야기를 듣는 동안 그녀는 한 번도 내 손을 놓지 않았다. "뱃사람에 대해 얘기해봐요."

나는 어깨를 으쓱였다. "그 사람은 사업가예요."

"다니엘 말로는 살인자라던데요."

"그것도 맞고요."

"다니엘이 죽고 나면 어떻게 되죠?"

"그럼 당신은 이 세상에 두려워할 사람이 아무도 없게 되죠. 뱃사람은 당신을 해치지 않을 테니까."

"그게 아니라, 뱃사람이 전부 장악하게 되는 건가요?"

"그럴 겁니다. 다른 적수가 없으니까요. 혹시라도 당신이⋯⋯?"

나는 짐짓 태연한 표정으로 그녀를 바라보았다.

그녀는 큰 소리로 웃으며 장난스럽게 날 밀쳤다. 내게 이런 코미디언 기질이 있을 줄 누가 알았을까?

"그냥 도망가는 건 어때요?" 그녀가 물었다. "당신과 나, 우린 잘 지낼 거예요. 내가 요리하고 당신은……."

미완공된 다리처럼 그 뒤는 끝내 완성되지 않았다.

"나도 기꺼이 당신과 도망가고 싶어요, 코리나. 하지만 내겐 돈이 한 푼도 없어요."

"한 푼도 없다고요? 다니엘은 늘 자기 사람들에게 보수를 두둑이 준다고 했는데요. 충성심은 돈으로 사야 한다면서."

"돈은 많이 받았는데 다 써버렸어요."

"어디에요?" 그녀가 옆으로 고갯짓을 했다. 이 집을 가리키는 듯했다. 집이나 가구나 비싸 보이는 물건은 하나도 없다는 뜻이었다.

나는 다시 어깨를 으쓱였다. "아이 넷 딸린 미망인이 있었어요. 그녀를 미망인으로 만든 장본인이 나였죠. 그래서…… 어느 날, 마음이 약해져서 그녀의 남편이 누군가를 죽이고 받기로 한 돈을 내가 대신 봉투에 넣어서 줬죠. 근데 알고 보니 그게 내 전 재산이더라고요. 뱃사람이 그렇게 보수를 많이 주는 줄은 정말 몰랐어요."

그녀는 믿기지 않는다는 눈으로 나를 보았다. 다윈이 말한 여섯 개의 표정 중 하나는 아니었지만 그 표정의 의미를 알 수 있었다. "그러니까…… 누군가를 죽이려고 한 사람의 부인에게 당신의 전 재산을 줬다고요?"

비록 그 거래에서 내가 무언가를 얻기는 했어도, 나 역시 그게 정말 어리석은 짓이었다는 걸 이미 알고 있었다. 하지만 코리나가 그렇게 말하니 진짜 머저리가 된 기분이었다.

"그 남자가 죽이려고 한 사람이 누구였죠?"

"기억 안 나요." 내가 말했다.

그녀는 나를 바라보았다. "올라브, 이거 알아요?"

몰라요.

그녀는 내 뺨에 한 손을 댔다. "당신은 정말, 정말 특별한 사람이에요."

그녀의 눈동자가 내 얼굴을 찬찬히 훑으며 조금씩 흡수했다. 마치 내 얼굴을 먹기라도 하는 것처럼. 지금이 알아야 할 순간, 상대의 생각을 읽고 깨달아야 하는 순간이라는 걸 알고 있었다. 하지만 내겐 불가능했다. 난독증이라서 그럴지도 모른다. 엄마는 늘 내가 너무 부정적이라고 했다. 그것도 이유일 수 있다. 어쨌든 코리나 호프만이 몸을 내밀어 내게 키스했을 때 난 깜짝 놀랐다.

우리는 사랑을 나눴다. 좀 더 직접적이고 기능적인 단어 대신 이렇게 낭만적이고 순수한 표현을 선택한 것은 점잔을 빼기 위해서가 아니다. 사랑을 나눈다는 말이 그 상황에 가장 적확한 표현이기 때문이다. 그녀의 입술이 내 귓가에 맴돌았고 그녀의 숨결이 날 간지럽혔다. 나는 그녀를 조심스럽게 안았다. 가끔씩 도서관에서 빌린 책 속에 끼워져 있던 말린 꽃을 만질 때처럼. 그 꽃들은 너무 얇고 연약해서 내 손가락이 닿는 순간 부서져버렸다. 나는 그녀가 사라져버릴까 무서웠다. 그래서 규칙적인 간격을 두고 몸을 일으켜 그녀가 아직도 거기 있는지, 이게 꿈은 아닌지 확인했다. 행여나 그녀가 닳아서 없어질까 봐 깃털처럼 가볍게, 아주 부드럽게 쓰다듬었다. 나는 그녀의 몸으로 들어가기 전에 잠시 멈췄다. 그녀가 놀라서 날 바라보았다. 내가 완벽한 순간을 기다리고 있다는 걸 그녀는 알지 못했다. 그러자 그 순간이 왔다. 함께 녹아내릴 수 있는 순간. 전직 포주인 내게 그까짓 게 뭐가 중요하냐고 생각할지 모르지만 나는 가슴이 벅차서 목구멍이 뻐근할 지경이었다. 내가 극도로 천천히 그리고 조심스럽게 그녀 안으로 들어가고, 그녀의 귀에 다정하면서도 바보 같은 말들을 속삭이자, 그녀가 길고 나직하게 신음을 뱉어냈다. 그녀가 조급해 한다는 걸 알았지만 이런 식으로 어딘가 특별하게 하고 싶었다. 그래서 이를 악물고 자제력을 발휘해 천천히 그녀를 가졌다. 하지만 내 아래에서 그녀의 엉덩이가 빠르고 가파른 파동처럼 움직이기 시작했고, 그녀의 하얀 피부가 어둠 속에서 희미하게 빛났다. 마치 달빛을 타고 있는 기분이었다. 그렇게 부드럽고, 그렇게 비현실적이었다.

"내 곁에 있어줘요, 내 사랑." 귓가에서 그녀가 헐떡거렸다. "내 곁에 있어줘요, 내 사랑, 나의 올라브."

나는 담배를 피웠다. 그녀는 잠들었다. 눈은 이미 그친 후였다. 홈통으로 구슬픈 가락을 연주하던 바람은 악기를 챙겨 떠났다. 방 안에서 들리는 소리라고는 그녀의 고른 숨소리뿐이었다. 아무리 듣고 또 들어봐도 다른 소리는 없었다.

그것은 내가 꿈꾸던 대로였다. 불가능할 거라고 생각하던 대로였다. 너무 피곤해서 잠을 자야 했지만 너무 행복해서 자고 싶지 않았다. 잠이 들었다가는 이 세상, 지금까지는 별 의미 없었던 이 세상이 한동안 존재하지 않을 테니까. 그리고 그 흄이라는 남자의 말대로라면 내가 지금까지 매일 아침 같은 몸으로 같은 세상, 그러니까 벌어지는 일이 실제로 존재하는 그런 세상을 맞이했을지라도 내일 아침에도 그렇게 되리라는 보장이 없다. 생애 처음으로 눈을 감는 일이 도박처럼 느껴졌다.

그래서 계속 방 안에서 나는 소리를 들었다. 내가 가진 것을 바라보았다. 들려서 안 될 소리는 없었다. 그런데도 나는 계속 들었다.

11

우리 엄마는 아주 나약한 사람이었다. 그랬기 때문에 아주 강한 사람도 감당할 수 없는 일들을 견뎌내야 했다.

예를 들어, 엄마는 개새끼 같은 아버지에게 한 번도 저항하지 않았다. 그래서 성범죄 피해자보다 더 많이 두들겨 맞았다. 아버지는 특히 목 조르는 걸 좋아했다. 나는 침실에서 엄마가 흐억흐억 하던 소리를 잊을 수가 없다. 아버지가 엄마의 목을 조르다 한동안 풀어줄 때 나던 소리였다. 엄마가 숨을 쉴 수 있도록, 그래서 다시 목을 조르기 위해서. 엄마는 너무 나약해서 아버지가 권하는 술도 거절하지 않았다. 그래서 황소나 코끼리가 쓰러질 정도의 많은 술을 그 작은 몸에 들이부었다. 또 너무 나약해서 내가 원하는 건 뭐든 다 주었다. 그게 정말로 필요한 사람이 당신이었을 때도.

사람들은 늘 내가 엄마를 닮았다고 했다.

마지막으로 아버지의 눈을 봤을 때야 깨달았다. 내 안에도 아버지와 같은 면이 있다는 것을. 핏속의 바이러스, 질병처럼.

아버지는 대개 돈이 필요할 때만 우리를 찾아왔다. 그리고 우리 수중에 있던 쥐꼬리만 한 돈을 가져갔다. 하지만 돈을 가져가든 못 가져가든, 앞으로도 자기를 계속 무서워하게 하기 위해서는 돈을 주지 않으면 어떻게 되는지 본때를 보여줘야 한다는 걸 알고 있었다. 엄마는 멍든 눈과 부은 입술이 계단에서 넘어지고, 문에 부딪히고, 욕실 바닥에서 미끄러졌기 때문이라고 핑계를 댔다. 그리고 취기가 오르면 순전히 자발적으로 여기저기서 넘어지고 벽에 머리를 박고 다녔다.

아버지는 내게 공부해봤자 바보가 될 거라고 했다. 아버지도 나처럼 읽기와 쓰기에 어려움을 겪었던 게 아닌가 싶다. 다만 아버지는 나와 달리 포기해버렸다. 아버지는 일찌감치 학교를 그만두고 그 후로는 신문 한 장도 읽지 않았지만, 나는 이상하리만치 학교가 좋았다. 수학 시간만 제외하고. 워낙 말수가 적어서 대부분의 사람들은 나를 바보라고 생각했을 것이다. 하지만 내 작문을 교정해준 노르웨이어 선생님은 내 글에 무언가가, 틀린 철자들 너머에 무언가가, 다른 학생들에게는 없는 무언가가 있다고 했다. 내게는 그 칭찬만으로도 충분했다. 충분하고도 남았다. 하지만 아버지는 내게 그렇게 책을 열심히 읽어서 어디에 쓰느냐, 그런다고 네가 나나 다른 가족들보다 잘났다고 생각하느냐, 다른 친척들은 글 안 읽어도 정직하게 일하면서 다들 잘산다, 유식한 말을 배우거나 책에 빠져 살면서 잘난 척하지도 않는다고 말하곤 했다. 열여섯이 되었을 때 나는 아버지에게 왜 아버지는 조금이라도 정직하게 일해서 돈을 벌지 않느냐고 물었다. 아버지는 내 몸이 시퍼렇게 멍들도록 두들겨 팼다. 자기는 애새끼를 키우고 있다고, 하루에 일은 그거 하나면 충분하다고.

내가 열아홉이 되었을 때 어느 날 아버지가 집에 왔다. 한 남자를 죽인 혐의로 1년간 봇센 교도소에서 복역하고 출옥한 날이었다. 그 사건에는 목격자가 전혀 없었기 때문에 법정에서는 남자의 머리에 있는 상처가 싸우다가 빙판에서 미끄러져 생긴 것일 수도 있다는 피고 측 변호에 동의했다.

아버지는 내가 훌쩍 자란 것에 대해 몇 마디 했다. 장난스럽게 내 등을 찰싹 내려쳤다. 저애는 요즘 창고에서 일하고 있어요, 엄마가 말했다. 그래? 녀석이 이제야 정신을 차렸군, 아버지가 말했다.

나는 대답하지 않았다. 그 일이 그저 아르바이트라는 것은 물론, 내년에 군대를 다녀온 후 대학에 진학할 때 독립할 수 있는 작은 아파트를 얻으려고 돈을 모으고 있다는 것도.

네가 돈을 번다니 잘됐구나. 이제는 그 돈을 토해내거라, 아버지가 말했다.

왜요? 내가 물었다.

왜냐고? 네 아비는 오심의 피해자니까 온 가족이 합심해서 아비가 다시 자립할 수 있도록 도와야지.

나는 싫다고 했다.

아버지는 믿을 수 없다는 눈으로 날 바라보았다. 날 때릴지 말지, 내 덩치를 가늠하는 게 눈에 보였다. 어린 아들은 이미 성인이 되어 있었다.

아버지는 짧게 코웃음을 쳤다. 그 푼돈이라도 가져오지 않으면 네 엄마를 죽이고 사고사로 위장할 거다. 어떻게 생각하냐? 아버지가 말했다.

나는 대답하지 않았다.

60초 주마, 아버지가 말했다.

돈은 은행에 있어요, 그러니까 내일 아침까지 기다리셔야 해요. 내가 말했다.

아버지는 고개를 갸웃했다. 마치 그렇게 하면 내 말이 거짓말인지 아닌지 알아내기 쉽다는 듯이.

도망가지 않을 거예요. 제 침대에서 주무세요. 전 엄마와 함께 자면 돼요. 내가 말했다.

"그러니까 네가 침대 속 내 자리까지 넘겨받은 거냐?" 아버지
는 코웃음을 쳤다. "그게 불법인 건 알고 있지? 네가 읽는 그 책
들에는 안 나와 있더냐?"

그날 저녁 부모님은 집에 마지막으로 남아 있던 엄마의 술을
마신 다음, 엄마의 침실로 들어갔다. 난 소파에 누워 휴지로 귀
를 틀어막았지만 엄마의 흐억흐억 하는 소리는 그대로 들렸다.
잠시 후 침실 문이 닫혔고, 아버지가 내 방으로 들어가는 소리가
들렸다.

나는 2시까지 기다렸다가 욕실로 가서 변기 청소용 솔을 집어
들었다. 그러고는 지하실로 내려가 잠겨 있는 창고를 열었다. 열
세 살 때 엄마가 스키를 사주셨다. 그걸 사기 위해 엄마가 얼마나
많은 것을 포기해야 했는지 하느님은 아시리라. 하지만 스키는
이제 너무 작아서 신을 수가 없었다. 나는 스키 스틱 하나를 집
어 들어 끝에 달린 바스켓을 빼버린 다음, 지하실에서 나왔다. 살
그머니 내 방으로 들어갔다. 다리를 벌려 좁은 침대 양옆으로 한
발씩 짚고 서서, 스틱의 뾰족한 끝을 아버지의 배에 댔다. 가슴을
찌르는 모험은 하고 싶지 않았다. 흉골이나 갈비뼈에 부딪혀 막
힐 수도 있기 때문이다. 한 손으로는 스틱의 스트랩을 감아 몸통
을 잡고, 다른 손으로는 스틱 맨 위를 잡았다. 대나무로 만들어진
스틱이 구부러지거나 부러지지 않도록 각도를 잘 조정했다. 그러

고는 기다렸다. 왜 그랬는지 모르겠다. 딱히 무섭지는 않았기 때문이다. 정말로 그랬다. 아버지의 숨소리가 점점 불안정해졌다. 곧 몸을 움지이며 돌아누울 것이다. 그래서 나는 위로 폴짝 뛰어올랐다. 그런 다음 체중을 모두 실어 착지했다. 처음에는 아버지의 살갗이 저항했지만 한번 구멍이 뚫리자 스틱이 아버지의 몸을 관통했다. 아버지의 티셔츠 일부가 대나무 스틱을 따라 배에 뚫린 구멍 속으로 딸려 들어갔고, 스틱의 끝은 매트리스 속까지 푹 들어갔다.

침대에 누운 채 나를 올려다보는 아버지의 눈동자는 충격으로 새까맣게 변해 있었다. 내가 재빨리 아버지의 가슴에 올라탔기 때문에 아버지의 양팔은 내 무릎에 눌려 움직일 수 없었다. 아버지가 비명을 지르려고 입을 벌리자, 나는 준비해온 변기 솔을 잘 겨냥해 아버지의 입속에 쑤셔 넣었다. 아버지는 컥컥거리며 몸부림을 쳤지만 움직일 수 없었다. 아무렴. 내가 좆나 많이 컸지.

아버지가 내 밑에서 몸부림치는 동안 나는 꼬리뼈 부근에 스틱이 닿는 것을 느끼며 그렇게 앉아 있었다. 그리고 내가 아버지를 타고 있다고 생각했다. 이제 아버지는 내 창녀인 것이다.

그렇게 얼마나 앉아 있었는지 모르겠다. 아버지의 몸부림이 멈추더니 몸이 축 처지기 시작했다. 이제는 변기 솔을 빼도 안전하겠다는 생각이 들 만큼.

"바보 같은 자식." 아버지가 눈을 감은 채 신음하듯 말했다. "사람을 죽이려면 칼로 목을 긋는 거야. 이런 방법 말고……."

"그럼 너무 빨리 끝나니까요." 내가 말했다.

아버지는 웃었다. 그리고 기침을 했다. 입꼬리에서 피거품이 흘러나왔다.

"그래, 역시 내 아들이다."

그게 아버지의 마지막 말이었다. 그리고 최후의 일격이기도 했다. 그 순간 아버지의, 그 개자식의 말이 옳다는 걸 깨달았기 때문이다. 나는 그의 아들이었다. 아까 스틱으로 아버지를 찌르기 전에 왜 잠시 기다렸는지 모르겠다고 한 건 거짓말이다. 그것은 나, 오로지 나 혼자만이 삶과 죽음의 결정권을 가진 그 마법 같은 순간을 조금이라도 늘리고 싶어서였다.

그것이 내 핏속에 흐르는 바이러스다. 아버지의 바이러스.

나는 시체를 지하실로 운반해, 곰팡이가 핀 낡은 캔버스 텐트로 둘둘 말았다. 그 텐트 역시 엄마가 날 위해 산 것이다. 언젠가는 가족끼리, 우리 셋이서 캠핑을 떠날 거라고 믿었기 때문이다. 해가 지지 않는 호숫가에서 갓 잡은 송어를 구워 먹는 여행.

일주일도 넘었을 때 경찰이 찾아와 아버지가 석방된 후에 만난 적이 있느냐고 물었다. 우리는 없다고 했다. 경찰은 참고하겠다고, 고맙다고 말한 뒤에 떠났다. 딱히 열심히 수사하는 것 같지는 않았다. 그때 나는 이미 밴 한 대를 빌려서 매트리스와 시트를 쓰레기 소각장에 버리고 온 후였다. 그리고 그날 밤에 차를 몰고 니테달의 먼 외곽에 있는 호수로 향했다. 그 호수는 해가 지지 않지만 앞으로 거기서 송어 낚시를 하는 일은 없을 것이다.

나는 호숫가에 앉아 반짝이는 호수의 표면을 바라보며 저게 우리가 이 세상에 남기고 가는 것이라고 생각했다. 호수에 이는 서너 개의 잔물결. 한동안 거기 있다가 사라져버리는. 마치 처음부터 거기 없었던 것처럼. 마치 우리도 처음부터 여기 없었던 것처럼.

그게 내가 처음으로 누군가를 처리한 때였다.

몇 주 뒤, 대학에서 편지가 왔다. "귀하가 우리 대학의 학생이 되었음을 알려……"라는 문장과 함께 입학 등록 기한이 적혀 있었다. 나는 천천히 편지를 찢었다.

12

나는 키스를 받으며 잠에서 깼다.

그게 키스라는 걸 깨닫기 전, 무시무시한 공포감이 잠시 나를 덮쳤다.

그러다 모든 게 기억났고 그 공포감은 무언가 따뜻하고 부드러운 것, 더 나은 말을 찾을 수 없기에 행복이라고밖에 표현할 수 없는 감정으로 대체되었다.

그녀는 내 가슴에 볼을 댔고 나는 그녀를, 내 몸 위에서 굽이치는 그녀의 머리카락을 내려다보았다.

"올라브?"

"네?"

"우리 그냥 영원히 이렇게 살면 안 돼요?"

나는 그보다 더 좋은 대답을 생각해낼 수 없었다. 그래서 그저 그녀를 더 가까이 끌어당겼다. 그녀를 꼭 안았다. 초를 셌다. 그 시간은 우리가 함께하는 시간, 아무도 우리에게서 빼앗아갈 수 없는 시간, 우리가 지금 여기서 소모할 수 있는 시간이었다. 하지만 앞서 말했듯 나는 숫자를 오래 세지 못한다. 나는 그녀의 머리카락에 입술을 묻었다.

"그가 우리를 찾아낼 거예요, 코리나."

"그럼 멀리 도망가요."

"먼저 호프만을 처리하고요. 평생 어깨너머를 기웃거리며 살 순 없어요."

그녀는 검지로 내 코와 턱을 훑어 내렸다. 마치 솔기를 따라 내려가듯이. "당신 말이 맞아요. 그럼 그다음엔 떠날 수 있죠?"

"네."

"약속해요?"

"네."

"어디로요?"

"어디든 당신이 원하는 곳으로요."

그녀의 손가락이 내 목을 타고 쇄골 가운데까지 내려왔다. "그럼 난 파리에 가고 싶어요."

"그럼 파리로 갑시다. 왜 파리죠?"

"코제트와 마리우스가 거기 있으니까요."

나는 웃으며 두 발을 침대에서 내려 바닥을 디뎠다. 그리고 그녀의 이마에 키스했다.

"일어나지 말아요." 그녀가 말했다.

그래서 나는 일어나지 않았다.

10시가 되자 식탁에서 커피 한 잔을 마시며 신문을 읽었다. 코리나는 자고 있었다.

신문에 따르면 기록을 경신하는 추위가 계속되고 있었다. 하지만 어제 잠깐 날씨가 풀린 탓에 도로가 미끄러워져서 차 한 대가 트론헤임 도로에서 반대편 차선으로 미끄러졌다. 캠핑카였다. 세 명의 가족이 크리스마스를 보내기 위해 북쪽으로 가던 중이었다. 그리고 빈데렌에서 발생한 살인사건 수사는 여전히 오리무중이었다.

아침 11시, 나는 글라스마가시네 백화점에 있었다. 백화점은 크리스마스 선물을 사려는 사람들로 바글거렸다. 나는 창가에 서서 식기류를 보는 척하며 길 건너편 건물을 바라보았다. 호프만의 사무실이 있는 건물이었다. 건물 앞에는 두 남자가 서 있었다. 하나는 피네였고 다른 하나는 처음 보는 남자였다. 남자는 발을 쿵쿵 구르며 담배 연기를 내뱉었고, 연기는 곧장 피네의 얼굴로 날아갔다. 피네가 뭐라고 말했지만 남자는 별 관심이 없는 듯했다. 그는 영국 근위병들이 쓰는 것 같은 검은 곰털 모자에 두툼한 코트를 입었지만 어깨를 귀까지 들어 올리고 있었다. 반면 피네는 개똥 색깔 재킷에 고깔처럼 생긴 모자만 썼는데도 느긋해 보였다. 원래 포주들은 길가에 서 있는 데 익숙한 법이다. 남자는 모자를 귀 밑까지 푹 끌어 내렸다. 추워서라기보다 설사처럼 쏟아지는 피네의 수다를 피하기 위해서일 것이다. 피네는 귓등에 꽂아둔 담배를 꺼내 남자에게 보여주었다. 아마 그 지겨운 이야기를 또 늘어놓는 중일 것이다. 자기는 금연을 결심한 후로 귓등에 담배를 꽂고 다닌다, 담배에게 누가 상관인지 보여주기 위해서다 등등. 내 생각에 피네는 그저 사람들로부터 왜 담배를 꽂고 다니느냐는 질문을 받고 싶은 것뿐이다. 그래야 그 재미없는 이야기로 사람들을 지겨워서 미치게 할 수 있으니까.

남자는 옷을 너무 많이 껴입고 있어서 총을 소지하고 있는지 아닌지 가늠할 수가 없었다. 하지만 피네의 재킷은 한쪽으로 기울어져 있었다. 터질 정도로 뚱뚱한 지갑이나 총이 들어 있다는 뜻이다. 평상시에 그가 들고 다니는 그 흉측한 칼만 넣었다기엔 너무 기울어져 있었다. 그것은 사냥용 칼로 무엇이든 자르고 벨수 있으며 한쪽 면에 홈이 파여 있어 동물의 가죽을 벗겨낼 수도 있었다. 아마 마리아에게 자기 밑에서 일하라고 협박할 때도 그칼을 사용했을 것이다. 그녀의 입과 몸으로 남자친구의 빚을 갚지 않으면 그 칼이 그녀에게, 그녀의 남자친구에게 무슨 짓을 할 수 있는지 보여주면서. 그때 나는 마리아의 휘둥그런 눈동자에서 공포를 보았다. 피네가 계속 떠들어대는 동안, 그 눈동자는 피네의 입을 응시하며 그가 원하는 게 무엇인지 필사적으로 읽어내려 했다. 피네는 지금도 그때처럼 떠들어대고 있었다. 하지만 남자는 피네의 말을 무시하고 검은 곰털 모자 아래로 검은 눈동자를 굴리며 거리를 위아래로 훑어보았다. 침착하게, 집중해서. 분명 호프만이 새로 고용한 놈일 것이다. 외국에서 왔을 수도 있고. 실력이 뛰어나 보였다.

나는 백화점을 빠져나와 아래로 내려갔다. 토르그 가의 공중전화 부스로 들어갔다. 신문에서 찢어낸 기사를 꺼내 들었다. 상대가 전화받기를 기다리는 동안, 김이 서린 공중전화 부스 유리창에 하트를 그렸다.

"리스 교회 교구 사무실입니다."

"귀찮게 해드려서 죄송합니다만, 모레 있을 호프만 씨의 장례식에 화환을 전달하고 싶어서요."

"그건 장의사 사무실에 맡기시면-."

"문제는 제가 오슬로 근교에 살고 있어서 내일 저녁 늦게야 오슬로에 도착한다는 겁니다. 장의사 사무실이 문을 닫은 후에요. 그러니 제가 직접 교회로 가져가면 어떨까요?"

"우리 쪽에는 그걸 맡아서 처리할 직원이-."

"하지만 내일 저녁에 관을 받으실 거죠?"

"보통은 그렇습니다, 네."

나는 기다렸지만 더는 아무 말이 없었다.

"한번 확인해주시겠습니까?"

들릴 듯 말 듯한 한숨 소리. "잠깐만요." 종이가 바스락거리는 소리. "네, 맞습니다."

"그럼 내일 저녁에 교회로 찾아가겠습니다. 가족들이 고인을 마지막으로 한 번 더 보려고 찾아올 테니까 조의도 표할 겸해서 요. 아마 유가족 측에서 언제 방문할 건지 미리 시간을 정해뒀을 겁니다. 가족에게 바로 전화해서 물어볼 수도 있지만 왠지 꺼려 져서요. 하필이면……."

나는 전화기 너머의 침묵을 들으며 기다렸다. 그러고는 헛기침 을 했다. "……크리스마스를 앞두고 이런 비극적인 사건이 생겼 으니 말입니다."

"내일 저녁 8시에서 9시 사이에 오기로 되어 있네요."

"고맙습니다. 하지만 유감스럽게도 그 시간에는 못 가겠군요. 제가 직접 찾아가려 했다는 말은 유가족에게 하지 말아주십시오. 화환은 다른 방법으로 보내겠습니다."

"좋을 대로 하세요."

"도와주셔서 감사합니다."

나는 융스토르게로 걸어갔다. 오늘은 오페라파사엔 옆에 아무도 서 있지 않았다. 어제 거기 서 있던 남자가 호프만의 수하라면 그는 원하는 걸 보았으리라.

카운터 뒤에 서 있던 청년은 내게 잠시 기다리라고 했다. 뱃사람이 다른 사람과 이야기하는 중이라는 것이다. 반회전문에 달린 불투명한 유리창 너머로 움직이는 형체들이 보였다. 그중 한 형체가 일어서더니 어제의 나처럼 뒷문으로 나갔다.

"이제 들어가봐요." 청년이 말했다.

"미안하네." 뱃사람이 말했다. "사람들이 크리스마스에 원하는 게 대구만이 아니라서 말이야."

진동하는 비린내에 나도 모르게 코를 찡그린 모양이다. 뱃사람이 웃음을 터뜨렸기 때문이다.

"홍어 냄새가 싫은가, 젊은이?" 그가 뒤쪽 작업대에 놓인 생선을 향해 고갯짓했다. 일부 생선은 포를 떠놓은 상태였다. "홍어를 잔뜩 실은 트럭으로 마약을 운반하면 감쪽같지. 마약견도 찾아내지 못하거든. 만드는 사람이 별로 없긴 하지만 난 홍어로 어묵 만드는 걸 좋아하지. 먹어보게." 그는 우리 사이에 놓인 낡은 나무 식탁 위의 우묵한 그릇을 향해 고갯짓했다. 탁한 액체 위에 동그란 연회색 어묵이 떠 있었다.

"생선 말고 다른 사업은 좀 어떤가요?" 나는 어묵을 먹어보라는 그의 권유를 못 들은 척하고 물었다.

"수요는 여전한데 러시아 놈들이 점점 더 욕심을 부리고 있어. 놈들이 나와 호프만에게 싸움을 붙이려고만 하지 않는다면 놈들을 다루기가 한결 쉬워질 텐데 말이야."

"내가 당신을 만난 걸 호프만도 알고 있어요."

"바보가 아니니까."

"그렇죠. 그래서 경비를 늘렸더군요. 무작정 쳐들어가서 죽이긴 힘들겠어요. 약간의 상상력을 발휘해야 해요."

"그거야 자네가 알아서 할 일이지." 뱃사람이 말했다.

"야외 말고 실내에서 해치워야겠어요."

"그것 역시 자네가 알아서 할 일이고."

"오늘 신문에 부고가 실렸어요. 호프만 아들의 장례식은 모레 열립니다."

"그래서?"

"거기서 호프만을 해치울 수 있어요."

"장례식장이라. 멋지군." 뱃사람은 고개를 저었다. "너무 위험해."

"장례식 말고 장례식 전날에요. 관이 보관된 교회 지하에서."

"자세히 설명해봐."

나는 설명했다. 뱃사람은 고개를 저었다. 나는 계속 설명했다. 그는 한층 더 세게 고개를 저었다. 나는 한 손을 들어 올린 채 계속 설명했다. 그는 여전히 고개를 저었지만 이제는 씩 웃고 있었다. "대단하군. 어떻게 그런 생각을 해냈지?"

"내가 아는 사람이 같은 교회에 묻혀 있어요. 그래서 생각해낸 겁니다."

"내가 반대해야 한다는 건 알고 있지?"

"하지만 찬성하실 겁니다."

"안 한다면?"

"관 세 개를 살 돈이 필요합니다. 키멘 상조협회에서 기성품 관을 팔죠. 하지만 아시다시피……."

뱃사람은 경계하는 눈초리로 날 보았다. 앞치마에 손을 닦았다. 콧수염을 잡아당겼다. 앞치마에 손을 닦았다.

"어묵을 먹게. 가서 금전등록기에 현금이 얼마나 있는지 살펴보지."

나는 우두커니 앉아, 잘 모르는 사람이었다면 정액이라고 생각했을 액체 속에서 헤엄치는 동그란 어묵을 바라보았다. 하지만 다시 생각해보니 나도 잘 모르긴 마찬가지였다.

집에 가는 길에 마리아가 일하는 슈퍼마켓을 지나갔다. 문득 저기서 저녁거리를 사도 되겠다는 생각이 들었다. 나는 슈퍼마켓으로 들어가 바구니를 집어 들었다. 마리아는 나를 등진 채 다른 손님의 물건을 계산하는 중이었다. 나는 양쪽으로 물건이 진열된 통로를 걸으며 냉동식품인 피시 핑거, 감자, 당근을 집었다. 맥주네 병도. 하콘 왕 초콜릿이 크리스마스 포장지로 포장된 채 진열되어 있었다. 그 초콜릿도 바구니에 넣었다.

나는 마리아의 계산대로 걸어갔다. 가게 안에 다른 손님은 없었다. 그녀가 날 보더니 얼굴을 붉혔다. 젠장. 별로 어색하지 않을 줄 알았는데, 그녀는 그때 저녁식사를 거절한 일을 아직 마음에 담아두고 있는 모양이었다. 아마 집에 남자를 초대한 적이 별로 없을 것이다.

나는 그녀에게 다가가 재빨리 인사를 건넸다. 그러고는 바구니를 내려다보며 거기 담긴 물건을(피시 핑거, 감자, 당근, 맥주) 컨베이어벨트에 올려놓는 데 전념했다. 초콜릿 상자를 손에 들고 잠시 망설였다. 코리나의 손가락에서 빛나던 반지. 그가, 연인이었던 아들이 그녀에게 선물한 반지였다. 그랬다. 그런데 난 여기 서서 마치 클레오파트라의 왕관에 박힌 보석이라도 되는 양 요란하게 포장한 염병할 초콜릿을 크리스마스 선물이랍시고 주려 하고 있었다.

"이게. 전부. 인가요?"

나는 놀라서 마리아를 바라봤다. 그녀가 말을 했다. 그녀가 말을 할 줄 누가 알았겠는가. 물론 발음이 이상하긴 했다. 하지만 그래도 분명 단어였다. 다른 사람들과 똑같은 단어. 그녀는 얼굴에 붙어 있는 머리카락을 뒤로 넘겼다. 주근깨. 다정한 눈동자. 약간의 피로.

"네." 나는 유달리 힘주어 말했다. 입을 크게 벌리면서.

그녀가 살짝 미소를 지었다.

"이게…… 전부…… 예요." 나는 천천히, 다소 크게 말했다.

그녀는 어떻게 할 거냐고 묻듯이 초콜릿 상자 쪽으로 고갯짓했다.

"당신 겁니다." 나는 상자를 내밀었다. "메리…… 크리스마스."

그녀는 손으로 입을 가렸다. 손 뒤에 있는 그녀의 얼굴에서 다양한 감정이 스쳐갔다. 여섯 가지 이상이었다. 놀라움, 혼돈, 기쁨, 민망함에 이어 양쪽 눈썹을 들어 올리더니(왜 내게 이걸?) 눈꺼풀을 내리깔고 감사의 미소를 지었다. 말을 못하면 그렇게 된다. 표정이 풍부해지고, 익숙하지 않은 사람에게는 다소 과장돼 보일 수도 있는 일종의 팬터마임을 하게 되는 것이다.

나는 그녀에게 상자를 건넸다. 그러자 주근깨투성이인 그녀의 손이 내 손을 향해 다가왔다. 왜 저러지? 내 손을 잡을 생각인가? 나는 손을 뒤로 뺐다. 그러고는 그녀에게 목례를 하고 문으로 걸어갔다. 그녀의 시선이 내 등에 머무는 걸 느꼈다. 젠장. 그저 초콜릿 한 상자 줬을 뿐인데 저 여자는 대체 뭘 하려고 한 거지?

아파트에 들어서자 실내가 어두웠다. 침대 위로 코리나의 형체가 보였다.

그녀가 어찌나 조용히, 꼼짝도 하지 않고 누워 있는지 이상하다는 생각마저 들었다. 나는 천천히 침대로 걸어가 그녀를 내려다보았다. 너무도 평화로워 보였다. 너무도 창백해 보였다. 머릿속의 시계가 재깍거리기 시작했다. 마치 무슨 일을 꾸미는 것처럼. 나는 그녀에게 몸을 숙였다. 내 얼굴이 그녀의 입 바로 위에 자리할 때까지. 무언가가 부족했다. 그러자 머릿속의 시계가 한층 더 큰 소리로 재깍거렸다.

"코리나." 내가 속삭였다.

아무 반응이 없다.

"코리나." 이번에는 좀 더 크게 불렀다. 내 목소리에서 전에는 한 번도 들어보지 못한 무언가가, 희미한 무력감이 들렸다.

그녀가 눈을 떴다.

"이리 와요, 테디 베어." 그녀가 속삭이며 내 몸에 팔을 두르고 날 침대 위로 끌어당겼다.

"더 세게. 난 부서지지 않아요." 그녀가 속삭였다.

그래, 당신은 부서지지 않아, 난 생각했다. 우리, 이 순간도 부서지지 않을 거야. 왜냐하면 이거야말로 내가 기다리고 연습해온 것이니까. 이걸 부서뜨릴 수 있는 건 오로지 죽음뿐이야.

"아, 올라브." 그녀가 속삭였다. "아, 올라브."

그녀의 얼굴이 달아올랐다. 웃고 있었지만 눈동자가 눈물로 반짝거렸다. 내 아래서 그녀의 가슴이 하얗게, 새하얗게 빛났다. 그 순간 그녀는 누구보다 나와 물리적으로 가까웠지만 나는 마치 그녀를 처음 보았을 때처럼 멀리서, 길 건너의 창문 뒤에서 그녀를 바라보는 기분이었다. 자신을 지켜보고 관찰하는 사람이 없다고 생각하는 누군가를 보는 것이야말로 그 사람을 가장 적나라하게 보는 방법이라는 생각이 들었다. 그녀는 한 번도 날 그렇게 본 적이 없었다. 아마 앞으로도 없을 것이다. 그러자 문득 그 종이 뭉치, 결코 끝마칠 수 없는 그 편지가 아직 내게 있다는 걸 깨달았다. 만약 코리나가 그걸 본다면 오해할 것이다. 그렇다고는 해도 이렇게 사소한 일로 갑자기 심장이 두근거린다는 게 이상했다. 그 편지는 부엌 서랍 속 커틀러리가 담긴 그릇 아래 있었고, 누가 그걸 옮겨놓았을 리도 없었다. 그래도 기회가 되는 대로 빨리 그 편지를 없애버리기로 결정했다.

"아, 그거야, 올라브."

절정에 달했을 때 내 안의 무언가가, 그동안 가둬둔 내 안의 무언가가 느슨해졌다. 그게 뭔지는 모르겠지만 사정의 압력과 함께 풀려나와 모습을 드러냈다. 나는 뒤로 벌렁 누워 숨을 헐떡였다. 나는 완전히 다른 사람이 되었다. 다만 어떤 식으로 바뀌었는지 모를 뿐이었다.

그녀는 내게 몸을 숙이더니 내 이마를 간질였다.

"기분이 어때요, 나의 왕?"

나는 대답했지만 목구멍이 침으로 가득 차 있었다.

"뭐라고요?" 그녀가 웃었다.

나는 목청을 가다듬고 다시 한 번 말했다. "배고파요."

그녀가 한층 더 큰 소리로 웃었다.

"그리고 행복해요." 내가 말했다.

코리나는 생선을 못 먹는다. 어릴 때부터 생선에 알레르기가 있었는데 집안 내력이라고 했다.

슈퍼마켓은 전부 문을 닫았을 시간이지만, 난 차이나 피자에 전화하면 CP 스페셜을 주문할 수 있다고 했다.

"차이나 피자?"

"중국 음식과 피자를 팔죠. 섞어서 파는 게 아니라 따로따로요. 난 거의 매일 거기서 저녁을 먹어요."

난 다시 옷을 입고 길모퉁이에 있는 공중전화 부스로 갔다. 한 번도 집에 전화를 설치한 적이 없었다. 그러고 싶지 않았다. 사람들이 내 말을 듣고, 날 찾아내고, 내게 말하는 수단이 생기는 걸 원치 않았다.

공중전화 부스에서 고개를 들어 5층에 있는 내 집 창문을 보았다. 코리나가 서 있는 게 보였다. 그녀의 머리 주위로 둥근 빛이 감싸고 있어 망할 후광처럼 보였다. 그녀는 날 내려다보고 있었다. 난 손을 흔들었다. 그녀도 내게 손을 흔들었다.

그러자 철컥 삼키는 소리와 함께 동전이 떨어졌다.

"차이나 피잡니다."

"안녕, 린. 나 올라브예요. CP 스페셜 하나 부탁해요. 테이크아웃으로."

"여기서 안 드세요, 미스텔 올라브?"

"오늘은 포장이에요."

"15분 걸려요."

"고마워요. 그리고 하나 더요. 혹시 나에 대해 물어본 사람 있었나요?"

"미스텔 올라브에 대해 물어본 사람요? 아뇨?"

"알았어요. 그럼 혹시 지금 식당 손님들 중에 전에 나와 함께 왔던 사람 있나요? 연필로 그린 것처럼 가늘고 웃긴 콧수염을 기른 남자나 귓등에 담배를 꽂고 갈색 가죽 재킷을 입은 남자요."

"어디 보자. 그런 사람은 없는데요?"

차이나 피자는 테이블이 열 개뿐이니 그녀의 말이 틀릴 리가 없다. 브뤼힐센도 피네도 거기서 날 기다리고 있지 않았다. 그들은 날 따라 여러 번 거기에 간 적이 있었다. 하지만 내가 거의 매일 거길 간다는 건 모를 것이다. 잘됐다.

나는 공중전화 부스의 육중한 금속 문을 밀고 나와 창문을 올려다보았다. 코리나는 여전히 창가에 서 있었다.

차이나 피자까지는 걸어서 15분이 걸렸다. 피자는 캠핑용 테이블만 한 크기의 빨간 마분지 상자 속에서 날 기다리고 있었다. CP 스페셜. 오슬로에서 제일 맛있는 피자. 이 피자를 처음으로 한 입 맛본 코리나의 표정을 어서 빨리 보고 싶었다.

"씨 유 레이텔, 알라게이톨 See you latel, all-a-gatol."*

내가 문을 나서자 린이 평상시처럼 큰 소리로 인사했다. 내가 악어와 라임을 맞춰 대답하기도 전에 등 뒤로 문이 휙 돌아가 닫혀버렸다.**

나는 인도를 따라 발걸음을 재촉하며 모퉁이를 돌았다. 코리나

---

* 또 보자는 뜻의 see you later, alligator를 중국식 억양으로 발음한 것. alligator는 원래 악어라는 뜻이지만 여기서는 그저 later와 라임을 맞추기 위해 썼을 뿐 별다른 뜻은 없다.

** 보통 After a while, crocodile이라고 대답한다. crocodile 역시 악어라는 뜻이지만 여기서도 while과 라임을 맞추기 위해 쓴다.

를 생각하고 있었다. 코리나 생각에 골몰한 게 틀림없다. 그렇지 않고서야 그들을 보지도, 그들의 소리를 듣지도 못했을 리가 없다. 심지어 내가 차이나 피자에 자주 들른다는 걸 그들이 알아냈다 해도 대놓고 날 기다릴 리 없다는 명백한 사실조차 잊었을 리가 없다. 그들은 따뜻하고 환한 피자 가게 안이 아니라 밖, 심지어 분자들조차 움직이기 힘들 정도로 춥고 어두운 곳에서 날 기다렸을 것이다. 당연했다.

뽀드득거리는 발소리를 두 번이나 들었지만 망할 놈의 피자 때문에 속도를 낼 수가 없었다. 내가 미처 권총을 뽑기도 전에 차가운 금속이 내 귀를 눌렀다.

"여자는 어디 있지?"

브륀힐센이었다. 연필로 그린 것처럼 가는 콧수염이 그가 말할 때마다 움직였다. 그의 옆에는 웬 머리에 피도 안 마른 놈이 하나 있었는데 위협적으로 보이기는커녕 겁에 질려 보였다. 차라리 재킷에 '견습생' 딱지를 붙이는 편이 나을 듯했지만, 그래도 몸수색 하나는 철저히 해서 내 권총을 찾아내 브륀힐센에게 건넸다. 호프만이 이 어린놈에게 총까지 주지는 않았을 것이다. 그래도 칼이나 다른 무기를 숨겨두었으리라. 권총은 마약상들에게만 지급된다.

"여자를 돌려주기만 하면 넌 살려준다고 보스가 말했어." 브륀힐센이 말했다.

거짓말이었다. 하지만 나라도 그렇게 말했을 것이다. 나는 내가 가진 선택권을 생각해보았다. 거리에는 차도, 사람도 없었다. 맛이 간 놈들 외에는. 게다가 너무 조용해서 팽팽히 당겨진 방아쇠 장치 안의 용수철이 작게 탄식하는 소리까지 들렸다.

"좋아. 네가 없어도 여자는 찾을 수 있어, 알지?" 브륀힐센이 말했다.

맞는 말이었다. 괜한 허세가 아니다.

"알았어. 내가 여자를 데려간 건 협상에 이용하기 위해서였을 뿐이야. 그 남자가 호프만의 아들인 줄은 몰랐다고."

"그거야 내 알 바 아니고, 난 여자만 데려가면 돼."

"그럼 여자를 데리러 가자고." 내가 말했다.

13

"지하철을 타고 가야 해." 내가 설명했다. "잘 들어봐, 그 여잔 내가 자길 보호하고 있는 줄 안다고. 실제로 그렇기도 하고. 이런 협상에 이용하기 위해서 말이야. 그래서 만약 내가 30분 안에 돌아오지 않으면 심각한 문제가 생긴 거니까 도망치라고 말해뒀어. 오늘처럼 차량 통행이 많은 날에 차로 내 집까지 가려면 최소한 45분은 걸린다고."

브륀힐센이 날 바라보았다. "그럼 여자에게 전화해서 좀 늦을 거라고 말해."

"우리 집엔 전화가 없어."

"그래? 그럼 어떻게 피자가 미리 준비되어 있었지, 요한센?"

나는 빨간색의 커다란 피자 상자를 내려다보았다. 브륀힐센은 바보가 아니었다. "공중전화."

브륀힐센은 엄지와 검지로 입 양쪽의 콧수염을 쓸어내렸다. 마치 수염을 늘이려는 듯이. 그러더니 거리를 위아래로 살펴보았다. 아마 도로가 얼마나 붐비는지 확인했을 것이다. 여자를 놓치면 호프만이 뭐라고 할지도 생각했을 테고.

"CP 스페셜." 어린놈의 말이었다. 그 애는 피자 상자를 향해 고갯짓하며 씩 웃고 있었다. "오슬로에서 제일 맛있는 피자, 그죠?"

"입 다물어." 브륀힐센이 말했다. 이젠 마음의 결정을 내렸는지 콧수염을 쓰다듬던 동작을 멈췄다.

"지하철을 타고 간다. 그런 다음 너희 집 근처 공중전화에서 피네에게 전화해 우릴 데리러 오라고 할 거야."

우리는 5분을 걸어가 국립극장 옆의 지하철역으로 갔다. 브륀힐센은 손에 든 총이 보이지 않도록 코트 소매를 잡아당겼다.

"네 티켓은 네가 사. 네 것까지 사줄 생각 없어." 우리가 승차권 자동발매기 앞에 섰을 때 브륀힐센이 말했다.

"올 때 산 티켓이 한 시간 동안 유효야." 나는 거짓말을 했다.

"그렇군." 브륀힐센이 씩 웃었다.

잘하면 검표원에게 걸려 안전하고 친절한 경찰서로 인도될 수도 있다.

지하철은 딱 내가 원하는 만큼 붐볐다. 지친 통근자들, 껌을 질경질경 씹는 청소년들, 추위에 대비해 옷을 잔뜩 껴입고 크리스마스 선물이 삐죽 나와 있는 쇼핑백을 든 사람들. 그래서 우리는 서서 가야만 했다. 객차 한가운데에 자리를 잡고 셋 다 빛나는 쇠막대를 손으로 잡았다. 열차의 문이 닫혔고, 승객들의 숨이 쌓여 차창에 다시 김이 서렸다. 열차가 움직이기 시작했다.

"호브세테르라니. 네가 서부 지역에 살 줄은 꿈에도 몰랐다, 요한센."

"늘 자기 생각이 옳다고 믿어서는 안 돼, 브륀힐센."

"맞는 말이야. 난 네가 피자를 먹으러 시내까지 나오느니 그냥 집 근처에서 사 먹을 거라고 생각했거든."

"이건 CP 스페셜이니까요." 어린놈이 엄숙하게 말하며 발 디딜 틈 없는 차량 안에서 어처구니없을 정도로 많은 공간을 차지하는 빨간 피자 상자를 바라보았다. "저건 아무 데서나 먹을 수 있는 피자가-."

"닥쳐. 그러니까 식은 피자를 좋아하는군, 요한센."

"우린 데워 먹을 생각이었어."

"우리? 너랑 보스 마누라?" 브륀힐센이 콧방귀를 뀌었다. 도끼를 휘두르는 듯한 소리였다. "맞아, 요한센. 늘 자기 생각이 옳다고 믿어서는 안 돼."

당연하지. 예를 들어 나 같은 놈이 여자만 넘기면 살려주겠다는 호프만의 말을 순진하게 믿을 거라고 생각해선 안 돼. 또 내가 그런 놈이라는 걸 고려할 때 이 상황에 순순히 굴복하리라고 생각해서도 안 되고. 브륀힐센의 양 눈썹은 코 위에서 거의 한 줄로 붙어 있다시피 했다.

그의 머릿속에서 무슨 생각이 진행 중인지 나로서는 읽어낼 수 없지만, 아마도 내 아파트에서 나와 코리나를 쏴 죽일 계획일 것이다. 그런 다음 내 손에 권총을 쥐여주고 내가 그녀를 쏜 후 자살한 것처럼 꾸밀 테지. 사랑에 눈이 먼 연인, 뻔한 스토리다. 오슬로 외곽의 계곡 호수에 우리를 던져버리는 것보다 훨씬 나은 방법이다. 만약 코리나가 사라지면 그녀의 남편이 자동으로 가장 유력한 용의자가 되기 때문이다. 그리고 호프만은 조금만 조사해도 걸릴 것이 수두룩했다. 내가 브륀힐센이라면 아마도 그 방법을 선택할 것이다. 하지만 브륀힐센은 내가 아니다. 브륀힐센은 아무 경험도 없는 조수를 데리고 있으며, 권총은 코트의 한쪽 소매에 숨긴 채 다른 손으로 쇠막대를 느슨하게 잡고 있었다. 그리고 몸의 균형을 유지하기 위해 다리를 넓게 벌리지도 않았다. 이 지하철을 처음 타본 사람들은 다 그렇다. 나는 카운트다운을 시작했다. 이 지하철의 선로는 빠삭하게 꿰고 있었다. 어디서 움직이고, 어디서 덜컹거리고, 어디서 잠깐 쉬었다가 어디서 완전히 정차하는지.

"이것 좀." 나는 피자 상자를 어린놈의 가슴팍에 디밀었다. 그 애는 자기도 모르게 상자를 받아 들었다.

"야!" 끼익 하는 쇳소리를 뚫고 브륀힐센이 소리쳤다. 바로 그 순간, 열차가 선로의 연결 부분에 도착했고 브륀힐센은 권총을 쥐고 있던 손을 위로 들어 올렸다. 열차가 크게 휘청거리자 브륀 힐센은 균형을 잡기 위해 권총을 쥔 손을 반사적으로 휘둘렀고, 그걸 본 나는 행동을 개시했다. 두 손으로 쇠막대를 잡고 막대를 지렛대 삼아 앞으로 힘차게 튀어나간 것이다. 내가 겨냥한 곳은 브륀힐센의 양 눈썹이 거의 만날 듯한 코 위의 지점이었다. 어디 선가 인간의 머리는 4.5킬로그램이라고 읽은 적이 있다. 그 머리 가 시속 70킬로미터로 움직일 때 어느 정도의 충격을 줄지는 나 보다 수학을 잘하는 사람이 계산해야 할 것이다. 내가 다시 허리 를 폈을 때는 브륀힐센의 부러진 코에서 피가 뿜어져 나오고 있 었다. 눈은 눈꺼풀 아래로 약간의 홍채만 보일 뿐 거의 흰색이었 다. 양팔은 뻣뻣하게 옆으로 펼치고 있어서 꼭 펭귄 같았다. 나는 브륀힐센이 완전히 나가떨어졌다는 걸 알 수 있었지만 뒤탈이 없 도록 두 손으로 그의 손을 꼭 붙잡았고, 그중에서 한 손으로는 소 매 속에 감춰진 권총을 잡았다. 그런 우리 둘의 모습은 마치 포크 댄스라도 추는 듯했다. 나는 아주 성공적인 결과를 끌어냈던 조 금 전의 공격을 다시 반복했다. 브륀힐센을 내 쪽으로 세게 끌어

당긴 후, 고개를 숙여 그의 코를 들이받은 것이다. 부러져서는 안 될 무언가가 뚝 부러지는 소리가 났다. 나는 그를 놓아주며 권총을 빼앗았고, 그는 엉덩방아를 찧으며 풀썩 주저앉았다. 주위 사람들은 헉 소리를 내며 뒤로 물러났다.

내가 몸을 돌려 견습생에게 권총을 겨눴을 때 확성기에서 무덤덤한 코맹맹이 소리로 안내방송이 흘러나왔다. "마요르스투아."

"내가 내릴 역이야." 내가 말했다.

견습생의 눈은 들고 있는 피자만큼이나 커졌고, 입은 어찌나 벌어졌는지 꼭 내게 반한 사람 같았다. 어쩌면 몇 년 후에 이 녀석이 경험을 쌓고 권총으로 무장해서 날 쫓을지도 모를 일이다. 잠깐, 몇 년 후라고 했나? 요즘 애들은 서너 달이면 필요한 것을 다 배운다.

정거장이 다가오자, 열차가 브레이크를 걸었다. 나는 뒤쪽 문으로 뒷걸음질 쳤다. 갑자기 우리 주위에 공간이 많아졌다. 승객들이 벽에 붙어 서서 우리를 바라보고 있었기 때문이다. 아기가 엄마에게 옹알대는 소리만 들릴 뿐 다들 아무 소리도 내지 않았다. 열차가 멈추고 문이 열렸다. 나는 뒤로 한 발짝 더 물러나 문간에 멈춰 섰다. 만약 누군가 내 뒤에서 열차에 타려고 했다면 현명하게 다른 문을 이용했을 것이다.

"어서." 내가 말했다.

어린놈은 아무 반응도 없었다.

"빨리." 내가 더 큰 소리로 말했다.

녀석은 눈을 깜빡일 뿐 여전히 내 말을 이해하지 못했다.

"피자."

그제야 녀석은 몽유병자처럼 앞으로 힘없이 한 발짝 걸어 나와 내게 빨간 상자를 건넸다. 나는 다시 승강장으로 물러섰다. 그렇게 서서 어린놈에게 총을 똑바로 겨눈 채 여기서 내릴 사람은 나 혼자뿐이라는 걸 분명히 했다. 나는 브륀힐센을 힐끗 보았다. 그는 지하철 바닥에 벌렁 누워 있었지만 한쪽 어깨가 살짝 실룩거렸다. 마치 전기 충격을 받아 맛이 가긴 했어도 완전히 죽지는 않은 것처럼.

지하철 문이 다시 닫혔다.

어린놈은 염분이 줄무늬를 이룬 지저분한 겨울 창문 너머로 날 바라보았다. 지하철은 호브세테르와 그 근처 지역을 향해 출발했다.

"씨 유 레이털, 알라게이톨." 내가 들어 올린 권총을 내리며 속삭였다.

나는 어둠 속에서 서둘러 집으로 걸어가며 경찰차 사이렌 소리가 들리지 않는지 귀를 곤두세웠다. 사이렌 소리가 들리자마자 영업이 끝난 서점의 계단에 피자 상자를 내려놓고 경찰서 쪽으로 되돌아가기 시작했다. 푸른 경광등 무리가 지나간 후에야 몸을 돌려 서둘러 돌아갔다. 피자 상자는 계단에 그대로 놓여 있었다. 아까도 말했듯이 이 피자를 처음으로 한 입 맛본 코리나의 얼굴을 어서 빨리 보고 싶었다.

14

"당신은 묻지 않았어요." 어둠 속에서 그녀가 말했다.

"네." 내가 말했다.

"왜죠?"

"난 꼬치꼬치 캐묻는 사람이 아니거든요."

"하지만 분명 궁금할 텐데요. 아버지와 아들……."

"당신이 말하고 싶을 때 뭐든 말해줄 거라고 생각했어요."

코리나가 내 쪽으로 돌아눕자 침대가 삐걱거렸다. "만약 내가 영영 말하지 않는다면요?"

"그럼 난 영영 모르겠죠."

"도대체 당신 속을 모르겠어요, 올라브. 왜 날 구해준 거죠? 왜 날? 당신처럼 사랑스러운 사람이 왜 나처럼 가증스러운 여자를?"

"당신은 가증스럽지 않아요."

"그걸 어떻게 알아요? 아무것도 묻지 않았는데?"

"당신이 지금 여기 나와 함께 있다는 건 알죠. 당분간은 그걸로 충분해요."

"그다음엔요? 다니엘이 당신을 해치우기 전에 당신이 가까스로 다니엘을 먼저 해치웠다 쳐요. 우리가 파리에 갔다 쳐요. 우리가 여차저차해서 먹고살 수 있는 돈을 함께 긁어모았다 쳐요. 당신의 마음 한구석에는 계속 의문이 남을 거예요. 이 여자는 대체 누굴까? 어떤 여자이기에 자기 의붓아들의 애인이 됐을까? 누군들 그런 사람을 진정으로 믿을 수 있겠어요. 배신에 그토록 뛰어난 재능이 있는 사람을……."

"코리나." 담배를 향해 손을 뻗으며 내가 말했다. "내가 무슨 생각을 할지 그렇게 걱정되면 내게 다 털어놓으면 되잖아요. 말하고 안 하고는 모두 당신에게 달렸어요."

그녀는 내 팔 위쪽을 살짝 깨물었다. "내가 무슨 말을 할지 두려워요? 그래서 내가 당신이 바라는 여자가 아니라는 게 밝혀질까 두려워요?"

담뱃갑에서 담배를 빼냈지만 라이터는 찾을 수가 없었다. "생각해봐요. 난 사람을 죽이는 일로 생계를 유지하겠다고 선택했어요. 그러니 타인의 행동과 결정에 관대할 수밖에 없다고요."

"못 믿겠어요."

"뭐라고요?"

"못 믿겠다고요. 내 생각에 당신은 그저 감추려는 것뿐이에요."

"뭘 감춰요?"

그녀가 침을 삼키는 소리가 들렸다. "날 사랑한다는 거요."

나는 그녀에게로 몸을 돌렸다.

창문에서 떨어지는 달빛이 촉촉한 그녀의 눈동자 속에서 반짝거렸다.

"당신은 날 사랑해요, 이 바보." 그녀는 힘없이 내 어깨를 툭 쳤다. 그러고는 다시 말했다. "당신은 날 사랑해요, 이 바보. 당신은 날 사랑한다고요, 이 바보." 그녀의 뺨으로 눈물이 흘러내렸다.

나는 그녀를 끌어당겼다. 내 어깨가 따뜻해졌다가 그녀의 눈물로 다시 차가워질 때까지 계속 끌어안고 있었다. 그제야 라이터가 보였다. 그것은 빈 피자 상자 위에 있었다. 지금까지 조금이라도 의심이 있었다면 이제는 확실히 알게 되었다. 그녀는 CP 스페셜을 좋아한다. 날 좋아한다.

15

크리스마스이브 전날.

날씨는 다시 추워졌다. 한동안은 추운 날씨가 계속될 것이다.

모퉁이 공중전화 부스에서 여행사에 전화했다. 파리행 비행기 티켓의 가격을 물어봤다. 다시 전화하겠다고 한 뒤, 뱃사람에게 전화했다.

나는 곧장 본론으로 들어가 호프만을 해치우는 대가로 돈을 달라고 했다.

"이 통화를 누가 들을 수도 있어, 올라브."

"당신 전화는 도청되지 않아요."

"그걸 어떻게 알지?"

"호프만이 전화회사 직원을 매수해서 어떤 전화가 도청 중인지 알아냈죠. 그 명단에 당신 이름은 없었어요."

"난 자네의 문제가 해결되도록 돕고 있어, 올라브. 그런데 왜 돈까지 줘야 하지?"

"호프만이 사라진 후에 당신이 얻게 될 엄청난 이득에 비하면 이건 푼돈에 불과하니까요."

정적이 흘렀다. 하지만 오래가지 않았다.

"얼마를 원하지?"

"4만 크로네."

"좋아."

"현찰로. 내일 아침 일찍 당신 가게에서 가져갈 수 있도록 준비해줘요."

"알았어."

"하나 더요. 오늘 저녁 당신 가게로 가는 건 위험해요. 호프만의 수하들이 너무 가까이 있어요. 그러니 7시에 비슬렛 스타디움 뒤쪽으로 밴을 보내줘요."

"알았어."

"밴과 관은 확보했나요?"

뱃사람은 대답하지 않았다.

"미안해요. 모든 걸 내가 준비하는 게 습관이 돼서." 내가 말했다.

"용건 끝났으면 그만 끊지."

우리는 전화를 끊었다. 나는 우두커니 서서 전화기를 바라보았다. 뱃사람은 군말 없이 4만 크로네를 주겠다고 했다. 나는 1만 5천 크로네만 준다고 해도 만족했을 것이다. 저 늙은 사기꾼이 그걸 몰랐을 리가 없다. 말이 안 된다. 그래, 그러니까 말이 안 되는 거였다. 지금까지 난 날 너무 헐값에 팔았다. 6만 크로네를 달라고 했어야 했다. 어쩌면 8만까지도. 하지만 이젠 너무 늦었다. 한 번이라도 높은 값을 부른 것에 만족해야 한다.

대체로 일을 하기 전까지 24시간 남짓 남았을 때가 가장 긴장된다. 그러다 한 시간씩 줄어들수록 점점 더 긴장이 풀린다.

이번에도 그랬다.

나는 여행사에 들러 파리행 티켓 두 장을 예약했다. 몽마르트의 작은 호텔도 추천받았다. 가격은 저렴하지만 아늑하고 로맨틱해요, 책상에 앉은 여직원이 말했다.

"좋네요." 내가 말했다.

"크리스마스 선물인가요?" 여직원이 미소를 지으며 내 이름과 아주 비슷하지만 살짝 다른 이름을 컴퓨터에 입력했다. 비행기를 타기 직전, 나는 내 여권에 적힌 이름을 바꿀 것이다. 여직원은 여행사의 유니폼으로 보이는 연두색 재킷에 이름이 적힌 명찰을 달고 있었다. 진한 화장. 치아에 얼룩진 니코틴 자국. 선탠한 피부. 회사로부터 보조금을 받아 열대지방으로 여행을 다녀오는 게 업무의 일부일지도 모른다. 나는 내일 아침에 와서 잔금을 치르겠다고 말했다.

거리로 나가 좌우를 둘러보았다. 어둠을 갈망했다.

집으로 가는 길에 나는 내가 그녀를 흉내 내고 있음을 깨달았다.

이게. 전부. 인가요.

"필요한 물건은 파리에 가서 사면 돼요." 내가 코리나에게 말했다. 그녀는 나보다 훨씬 더 긴장한 듯했다.

6시가 되자 권총을 분해해서 닦고 기름칠을 한 다음, 다시 조립했다. 탄창을 채웠다. 샤워를 하고 욕실에서 옷을 갈아입었다. 앞으로 일어날 일을 차례로 생각했다. 내 예상과 다르게 일어날 수 있는 일들도 생각했다. 절대 클라인에게 등을 보여서는 안 된다고 생각했다. 검은 양복을 입고 안락의자에 앉았다. 땀이 났다. 코리나의 얼굴은 경직되어 있었다.

"행운을 빌어요." 그녀가 말했다.

"고마워요." 나는 그렇게 말하고 일어나서 집을 나섰다.

16

나는 오래된 스케이트장과 축구 경기장 뒤의 어둠 속에서 땅 위로 발을 굴렸다.

〈아프텐포스텐〉에서는 오늘 밤과 이후의 며칠 동안 아주 추울 거라고, 겨울 최저 기온의 기록이 깨질 거라고 했다.

7시 정각에 검은 밴이 보도 가장자리에 멈춰 섰다. 1분도 늦거나 빠르지 않은 정시였다. 나는 그걸 좋은 징조로 받아들였다.

검은 차 문을 열고 훌쩍 올라탔다. 클라인과 덴마크는 각각 하얀색 관 위에 앉아 있었다. 둘 다 내가 요구한 대로 검은 양복에 하얀 셔츠, 넥타이 차림이었다. 덴마크는 후두에서 끌끌거리는 듯한 목소리로 뭔가 웃기는 말을 하며 날 맞이했다. 하지만 클라인은 그저 날 노려볼 뿐이었다. 나는 남아 있는 세 번째 관 위에 앉아 운전석 창문을 두드렸다. 오늘 저녁 운전을 맡은 사람은 내가 처음 뱃사람의 가게에 찾아갔을 때 카운터 뒤에서 날 알아본 청년이었다.

리스 교회로 가는 길은 조용한 주택가를 구불구불 통과해야 했다. 어두워서 보이진 않았지만 난 그 길을 알고 있었다.

코를 킁킁거렸다. 이건 뱃사람의 생선 수송 차량인가? 만약 그렇다면 그의 안전을 위해 가짜 번호판을 부착했기를.

"이 밴은 어디서 났지?" 내가 물었다.

"에케베르그에 주차되어 있던 거야." 덴마크가 말했다. "뱃사람이 우리더러 장례식에 적합한 차량을 찾아오라고 했거든." 그가 큰 소리로 웃었다. "장례식에 적합한 차량이라니."

왜 차에서 비린내가 나느냐는 그다음 질문은 하지 않았다. 이게 생선 수송 차량이라는 걸 깨달았기 때문이다. 뱃사람의 생선 가게에 다녀온 후에는 심지어 내 몸에서도 비린내가 났다.

"기분이 어떠신가?" 클라인이 불쑥 물었다. "자기 보스를 처치하려는 기분이?"

클라인과는 말을 섞지 않을수록 좋다. "몰라."

"왜 몰라? 당연히 알지. 어때?"

"기억 안 나."

"거짓말."

클라인은 그냥 넘어갈 기세가 아니었다.

"첫째로 호프만은 내 보스가 아니야. 둘째로 난 아무 느낌도 없어."

"호프만이 네 보스가 아니면 누가 보스야!" 나식이 우르릉거리는 그의 목소리에서 분노가 들렸다.

"그렇다 치든가."

"왜 호프만이 보스가 아니라는 거야?"

"그건 중요치 않아."

"그러지 말고 말해봐. 우린 오늘 밤 널 도와주잖아. 그러니 그 대가로-." 클라인은 엄지와 검지를 비볐다. "말해보라고."

밴이 급격히 커브를 도는 바람에 우리는 관 뚜껑 위에서 주르륵 미끄러졌다.

"호프만은 건수별로 내게 돈을 지불했어." 내가 말했다. "그러니까 그는 나의 고객인 셈이지. 그 외에는-."

"고객?" 클라인이 말했다. "그럼 마오는 건수고?"

"만약 마오라는 사람이 내가 처리한 사람이라면 마오는 건수지. 네가 그 사람에게 감정적 애착을 가졌다면 유감이야."

"감정적 애-." 클라인은 그렇게 내뱉었지만 목소리가 갈라지면서 말을 멈추더니 숨을 깊이 들이쉬었다. "그럼 넌 얼마나 오래 살 거 같냐, 해결사?"

"오늘의 건수는 호프만이야. 오늘은 거기에만 집중하자고." 내가 말했다.

"호프만을 처리하고 나면 넌 또 다른 누군가를 건수로 삼겠지." 클라인이 말했다.

그는 증오심을 여지없이 드러낸 채 날 노려보았다.

"넌 보스를 섬기는 걸 꽤나 좋아하는 거 같으니 오늘 뱃사람이 네게 내린 명령이 뭔지 잘 생각해보라고." 내가 말했다.

클라인이 그 흉측하게 생긴 산탄총을 들어 올리자, 덴마크가 그의 팔을 잡았다. "진정해, 클라인."

밴이 속도를 늦췄다. 창문 너머로 운전사가 말했다. "이제 뱀파이어 침대에 들어갈 시간이야, 친구들."

우리는 각자 다이아몬드 모양의 관 뚜껑을 들어 올리고 그 안에 들어갔다. 나는 클라인이 관 뚜껑을 닫을 때까지 기다렸다가 내 관의 뚜껑도 닫았다. 관 안쪽의 나사 두 개를 돌려서 고정시켰다. 두세 번 돌리면 충분했다. 관 뚜껑이 고정되면서도 때가 되어 우리가 뛰쳐나갈 때 손으로 밀면 열릴 정도였다. 이젠 긴장되지 않았다. 하지만 무릎이 덜덜 떨렸다. 이상했다.

밴이 멈추더니 문이 열렸다 닫혔고, 차 밖에서 목소리가 들렸다.

"지하실에 관을 보관하게 해주셔서 고맙습니다." 운전사 청년의 목소리였다.

"천만에."

"관을 운반하는 걸 도와주신다고 들었는데요."

"그러지. 하지만 늙은이에게 큰 도움을 기대하진 밀게."

걸걸한 웃음소리. 교회 묘지기가 우릴 맞이하는 중인 듯했다. 밴의 뒷문이 열렸다. 내 관이 문에서 가장 가까웠다. 내 몸이 들리자 나는 최대한 가만히 누워 있었다. 관 안에 공기가 들어오도록 바닥과 측면에 드릴로 구멍이 뚫려 있었다. 내 관이 복도로 운반되는 동안, 어두운 관 속으로 여러 개의 빛줄기가 들어왔다.

"그러니까 이게 트론헤임 도로에서 교통사고로 죽은 가족들이라는 거지?"

"네."

"신문에서 읽었네. 비극적인 사건이야. 북쪽 지방에 묻힐 거라던데, 안 그런가?"

"맞습니다."

아래로 내려가는 듯싶더니 몸이 머리 쪽으로 기울며 관 한쪽 끝에 머리를 찧었다. 젠장, 난 언제나 다리부터 먼저 내려가는 줄 알았는데.

"크리스마스 전까지 시신을 배달할 수가 없었나 보군."

"시신은 나르빅에 묻힐 예정인데 거기까진 차로 꼬박 이틀이 걸리거든요." 좁은 보폭으로 질질 끄는 발소리. 좁은 돌계단을 내려가고 있는 중이다. 이 계단이 생생하게 기억났다.

"시신을 비행기로 보내면 될 텐데."

"비용이 만만치 않았나 봐요." 운전사가 말했다. 둘러대는 솜씨가 제법이었다. 나는 그에게 혹시라도 누가 꼬치꼬치 캐묻거든 상조회사에서 일한 지 얼마 안 됐다는 핑계를 대라고 말해두었다.

"그래서 유가족들이 그동안에 시신을 교회에 보관하고 싶다고 한 건가?"

"네. 아무래도 크리스마스니까요."

관이 다시 평평해졌다.

"그래, 그럴 만하지. 게다가 보다시피 여긴 텅텅 비었으니까. 내일 묻힐 저 관 하나뿐이야. 그래, 열려 있어. 곧 가족들이 보러 올 거거든. 이 관은 여기 가대 위에 내려놓도록 하지."

"그냥 바닥에 두면 됩니다."

"관을 콘크리트 바닥에 두겠다고?"

"네."

두 사람이 걸음을 멈췄다. 망설이는 듯했다.

"좋을 대로 하게."

관이 바닥에 놓였다. 내 머리 근처에서 긁히는 소리가 나더니 발소리가 멀어졌다.

나는 혼자였다. 관에 뚫린 구멍에 눈을 대고 밖을 바라보았다. 꼭 혼자라고 할 수는 없었다. 시신과 함께였다. 건수. 내가 죽인 시신. 지난번에도 나는 여기 혼자였다. 관 속에 누워 있는 엄마는 너무도 작아 보였다. 너무도 메말라 보였다. 엄마의 영혼은 다른 사람보다 몸 안에서 부피를 더 많이 차지했는지도 모른다. 외가 쪽 식구들도 그 자리에 있었다. 처음 보는 사람들이었다. 엄마가 아버지와 결혼하자, 외조부모는 엄마와 의절했다. 당신들 집안의 누군가가 범죄자와 결혼한다는 것은 외조부모나 외가 쪽 친척들에게 도저히 용납할 수 없는 일이었다. 결혼 후 엄마가 오슬로 동쪽 지역으로 이사 가는 것이 그나마 유일한 위안이었다. 눈에서 멀어지면 마음에서도 멀어지니까. 하지만 장례식장에서 나는 그들 눈앞에 있었다. 외조부모, 삼촌, 이모 등등 엄마가 취했을 때만 들려주던 이야기 속의 사람들 눈앞에. 내가 그들로부터 처음 들었던 말은 "진심으로 조의를 표한다"였다. 오슬로의 서쪽 지역에 있는 교회, 엄마가 어릴 때 살았던 집에서 엎드리면 코 닿을 데 있는 교회에서 대략 스무 명의 사람들이 내게 정말로 유감이라며 조의를 표했다. 그런 다음, 나는 다시 내가 속한 동쪽 지역으로 갔고 다시는 그들을 보지 못했다.

나는 나사가 잘 채워졌는지 확인했다.

두 번째 관이 도착했다.

발소리가 다시 멀어졌다. 시계를 보았다. 7시 30분.

세 번째 관이 도착했다.

운전사와 묘지기는 다시 나갔고, 크리스마스 음식 이야기를 하는 그들의 말소리가 계단을 따라 사라졌다.

지금까지는 모든 게 계획대로였다.

내가 나르빅에 있는 유가족을 대신해 전화했으며, 크리스마스가 끝날 때까지 교회 지하실에 관 세 개를 보관해도 되겠느냐고 물었을 때 목사는 흔쾌히 승낙했다. 우리는 자리를 잘 잡았고, 약간의 행운만 따른다면 30분 후에 호프만이 이곳으로 올 터였다. 어쩌면 경호원을 밖에 두고 올 수도 있다. 두고 오든, 데리고 오든 이건 완벽한 기습 작전이라고 해도 과언이 아니었다.

어둠 속에서 내 야광 손목시계가 헤엄치며 타올랐다.

10분 전.

8시.

8시 5분.

문득 어떤 생각이 떠올랐다. 그 종이 뭉치. 편지. 그게 아직 커틀러리가 보관된 그릇 아래 있었다. 왜 없애지 않았지? 잊어버린 걸까? 그런데 질문이 잘못되지 않았나? 코리나가 보면 어떡할까, 이게 올바른 질문이 아닐까? 나는 코리나가 그 편지를 보길 바라는 걸까? 이런 질문에 대답할 수 있는 사람이라면 부자일 것이다.

밖에서 차 소리가 들렸다. 차 문이 닫히는 소리.

계단을 내려오는 발소리.

그들이 도착했다.

"평화롭게 잠든 것처럼 보이네요." 여자 목소리가 나직이 말했다.

"벤야민을 아주 멀끔하게 바꿔놓았구나." 좀 더 나이 든 여자의 목소리가 훌쩍거리며 말했다.

이윽고 남자의 목소리가 들렸다. "열쇠를 차에 꽂아두고 왔어. 아무래도 다시 가서-."

"가긴 어딜 간다는 거예요, 에리크. 남자가 왜 그리 소심해요." 처음 말했던 젊은 여자의 목소리였다.

"하지만 여보, 혹시라도 누가 차를-."

"여긴 교회예요, 에리크! 열쇠 좀 꽂아둔다고 무슨 일이 있겠어요."

나는 관 옆에 뚫린 구멍으로 밖을 내다보았다.

다니엘 호프만이 혼자 오기를 바랐건만, 네 사람이 우리를 마주 본 채 관 앞에 나란히 서 있었다. 대머리 남자는 호프만과 비슷한 나이였지만 별로 닮은 구석은 없었다. 아마 매제일 것이다. 그의 옆에 서 있는 30대 여자와 열 살에서 열두 살쯤 된 소녀를 보건대 그럴 확률이 높았다. 여자는 호프만의 동생이고, 소녀는 조카일 것이다. 두 사람은 확실히 호프만과 닮았다. 머리가 희끗희끗한 노부인은 호프만과 판박이였다. 누나일까? 아니면 젊은 엄마?

하지만 다니엘 호프만은 없었다.

나는 그가 자기 차로 올 거라고, 가족 전체가 한 차로 오는 건 불가능할 거라고 애써 생각했다.

대머리가 손목시계를 힐끗 보는 것으로 내 생각이 맞다는 걸 확인시켜 주었다.

"벤야민이 아비의 사업을 물려받을 계획이었는데." 나이 든 여자가 훌쩍거렸다. "이제 다니엘은 어쩌면 좋니."

"엄마." 젊은 여자가 그만하라는 투로 말했다.

"네 남편도 다 아는데 뭘."

에리크는 재킷 속의 어깨를 으쓱이고는, 발가락을 들어 체중을 뒤꿈치에 실었다가 다시 내렸다. "네, 저도 형님이 무슨 사업을 하는지 알고 있습니다."

"그럼 그 애가 얼마나 아픈지도 알겠네."

"엘리세에게 들었습니다, 네. 하지만 우린 형님과 별로 가까운 사이가 아니라서요. 그…… 누구냐…… 그 여자하고도요."

"코리나." 엘리세가 말했다.

"이제부터라도 좀 가깝게 지내지그러나."

"엄마!"

"내 말은 이제 다니엘을 볼 날이 얼마 남지 않았잖니."

"우린 오빠 사업에 끼어들 생각이 조금도 없어요, 엄마. 벤야민이 어떻게 됐는지 보라고요."

"쉬!"

계단을 내려오는 발소리.

지하실에 두 형체가 나타났다.

그중 하나가 나이 든 여자와 포옹했고, 젊은 여자와 매제에게 고개를 까닥였다.

다니엘 호프만이었다. 함께 따라온 피네는 이번만큼은 입을 다물고 있었다.

두 사람은 우리를 등진 채 우리의 관과 벤야민의 관 사이에 섰다. 완벽했다. 만약 처리해야 할 상대가 무장했을 가능성이 있다면 나는 어떻게든 그의 등이 보이는 자리를 확보하려고 했을 것이다.

나는 권총 손잡이를 꽉 쥐었다.

기다렸다.

검은 곰털 모자를 쓴 놈이 오기를 기다렸다.

놈은 오지 않았다.

밖에서 대기하고 있는 게 분명했다.

그렇다면 시작은 쉽지만 나중에 반드시 그를 처리해야 한다.

내가 덴마크와 클라인에게 보내기로 한 신호는 간단했다. 내 고함 소리.

지금 소리를 지르지 말아야 할 논리적인 이유는 하나도 없었다. 하지만 그래도 더 완벽한 순간, 다른 모든 순간들의 틈새에 끼어 있는 특별한 순간이 있을 것만 같았다. 스키 스틱을 아버지에게 내리꽂았을 때처럼. 책에서 작가가 정확히 언제 어떤 일이 일어나도록 정하는 것처럼. 작가가 일어날 거라고 이미 말했기 때문에 일어나리라는 걸 알지만 아직은 일어나지 않은 어떤 일. 왜냐하면 사건이 일어나야 할 적합한 장소가 있고, 따라서 조금 기다려야 일이 올바른 순서대로 일어나기 때문이다. 나는 눈을 감았다. 시계가 카운트다운을 시작했다. 꽉 눌린 용수철, 아직 고드름 끝에 매달린 물방울.

그러자 그 순간이 왔다.

나는 소리를 지르며 관 뚜껑을 밀쳤다.

17

주위가 환했다. 환하고 아늑했다. 엄마는 내가 열이 펄펄 났고, 집에 왕진 온 의사 선생님이 앞으로 내가 며칠간 침대 신세를 지면서 물을 많이 마셔야 한다고, 하지만 심각한 병은 아니라고 말했다고 전했다. 그제야 엄마가 날 걱정한다는 걸 알 수 있었다. 하지만 난 두렵지 않았다. 난 괜찮았다. 눈을 감아도 주위가 환했다. 따뜻하고 빨간 불빛이 눈꺼풀을 뚫고 환하게 빛났다. 나는 엄마의 큼직한 침대에 누워 있었는데 방 안에서 사계절을 경험하는 기분이었다. 따뜻한 봄이 푹푹 찌는 여름으로 변하면서 한여름의 폭우처럼 땀이 줄줄 흘러내렸고 시트가 허벅지에 찰싹 감기더니 마침내 가을이 찾아와 공기는 맑고 정신은 또렷해져서 한숨 돌리게 되었다. 그러다 갑자기 다시 겨울이 되어 이가 딱딱 부딪쳤고, 오랫동안 잠과 꿈, 현실 사이를 떠돌았다.

엄마는 도서관에서 내가 읽을 책을 빌려 왔다. 《레미제라블》. 빅토르 위고. '축약본'. 표지에는 그렇게 적혀 있었고, 그 아래에는 초판본에 실린 에밀 바야르의 삽화 속 어린 코제트가 있었다.

나는 책을 읽고 꿈을 꿨다. 꿈을 꾸고 책을 읽었다. 몇몇 장면을 덧붙이고 삭제했다. 결국에는 어디까지가 작가가 쓴 이야기이고, 어디까지가 나의 창작인지 분간할 수 없었다.

나는 책 속의 이야기를 믿었다. 다만 빅토르 위고가 사실대로 말하지 않았다고 생각했다.

장 발장이 고작 빵을 훔친 일로 그렇게까지 선행을 베풀었을 리가 없다. 빅토르 위고는 장 발장이 사람을 죽인 살인자라고 사실대로 말했다가 독자들이 장 발장을 싫어하게 되는 걸 원치 않았을 것이다. 하지만 장 발장은 좋은 사람이니까 그가 죽인 사람은 분명 죽어 마땅한 놈일 것이다. 그렇다, 바로 그거다. 장 발장은 나쁜 짓을 한 놈을 죽였고, 그 일을 보상해야만 했다. 이 모든 게 빵을 훔친 것 때문이라고 하는 건 너무 짜증났다. 그래서 난 이야기를 다시 썼다. 더 낫게 고쳤다.

다음과 같이. 장 발장은 프랑스 전체에 수배령이 내려진 악명 높은 살인자다. 그리고 가여운 매춘부 팡틴을 사랑했다. 그녀를 너무 사랑한 나머지 그녀를 위해서라면 무슨 짓이든 기꺼이 했다. 그가 한 일은 모두 다 그녀를 위해, 그녀를 향한 사랑, 광기,

헌신에서 비롯된 것이지 자기의 부도덕한 영혼을 구원하거나 인류를 사랑해서가 아니었다. 그는 아름다움에 굴복했을 뿐이다. 그래, 그런 것이다. 치아도 머리카락도 없이 망가지고 병들고 죽어가는 이 매춘부의 아름다움에 굴복하고 순종한 것이다. 아무도 아름다움을 찾아내지 못한 여인에게서 그는 아름다움을 보았다. 그랬기에 그 아름다움은 오로지 그만의 것이었다. 그리고 그는 그 아름다움의 것이었다.

열흘이 지난 후에야 열이 조금씩 내리기 시작했다. 내게는 하루처럼 느껴진 열흘이었다. 내가 정신을 차리자, 엄마는 침대 가장자리에 앉아 내 이마를 쓰다듬으며 조용히 흐느꼈고 하마터면 내가 죽을 뻔했다고 말했다.

"잠시 어딘가에 다녀왔어요. 다시 거기로 돌아가고 싶어요." 내가 말했다.

"그런 말 하면 안 돼, 올라브."

엄마가 무슨 생각을 하는지 알 수 있었다. 엄마에게도 늘 돌아가고 싶은 곳, 병 속의 편지가 되어 돌아가고 싶은 곳이 있기 때문이다.

"죽고 싶다는 게 아니에요, 엄마. 난 그냥 이야기를 지어내고 싶어요."

18

나는 두 손으로 권총을 잡은 채 무릎으로 섰다.

피네와 호프만이 몸을 뒤로 돌리는 게 보였다. 마치 슬로모션으로 돌아가는 듯했다.

나는 가속도가 붙어 더욱 빨리 돌아가는 피네의 등을 쐈다. 두 발. 그의 갈색 재킷에서 하얀 깃털이 빠져나와 허공에서 눈처럼 춤을 췄다. 피네는 재킷에서 권총을 꺼내 발사했지만 팔까지 들어 올릴 힘은 없었다. 총알은 바닥과 벽에 부딪히며 돌로 만들어진 지하실 안에서 요란하게 피웅피웅 소리를 냈다. 시야의 가장자리로 내 옆에 놓인 클라인의 관 뚜껑이 열린 게 보였으나 그는 아직 일어나지 않았다. 총알이 빗발치는 현재 상황이 마음에 안 드는 모양이었다. 덴마크는 관에서 일어나 총으로 호프만을 겨눴지만 쏠 수가 없었다. 그의 관이 맨 끝에 있는 탓에 내가 그의 앞을 막고 있었기 때문이다. 나는 몸을 뒤로 빼는 동시에 호프만이 있는 쪽으로 총을 휙 돌렸다. 하지만 그는 놀랄 만큼 민첩했다. 관 위로 몸을 훌쩍 던지더니 소녀를 덮쳐 둘이 함께 지하실 긴 벽 옆으로 떨어졌다. 나머지 가족들은 소금 기둥이라도 된 것처럼 입을 딱 벌리고 우두커니 서 있었다.

피네는 벤야민 호프만의 관이 놓인 테이블 밑에 누워 있었는데 권총을 든 그의 팔이 뻣뻣하게 움직이더니 마치 손에서 놓쳐버린 물 호스처럼 빙글빙글 돌아가며 마구잡이로 총을 쏘아댔다. 콘크리트 바닥 위로 피와 척수액이 튀었다. 글록 권총. 저긴 총알이 잔뜩 들어 있다. 누군가가 저 총에 맞는 건 시간문제다. 나는 피네에게 총을 한 발 쏘았다. 그러고는 총을 들어 다시 호프만을 겨냥하며 발로 클라인의 관을 찼다. 가늠쇠에 호프만이 들어왔다. 그는 벽에 등을 기댄 채 바닥에 앉아 있었고 그의 무릎에는 소녀가 있었다. 그는 한 팔로 아이의 앙상한 흉곽을 꽉 끌어안았고, 다른 손으로는 아이의 관자놀이에 권총을 겨누고 있었다. 아이는 미동도 하지 않은 채 그저 큰 갈색 눈으로 날 바라볼 뿐이었다. 눈도 깜빡이지 않고서.

"에리크……." 호프만의 여동생이었다. 그녀는 오빠에게서 눈을 떼지 않은 채 남편을 불렀다.

그러자 마침내 대머리가 움직였다. 그는 아내의 오빠를 향해 비틀거리며 한 발짝 내디뎠다.

"가까이 오지 마, 에리크. 이 사람들이 원하는 건 자네가 아니야." 호프만이 말했다.

하지만 에리크는 멈추지 않았다. 좀비처럼 계속 비틀거리며 앞으로 나아갔다.

"젠장!" 덴마크가 소리를 지르더니 권총을 흔들어대며 탁탁 쳤다. 총이 고장 난 모양이었다. 아마 총알이 끼었을 것이다. 염병할 아마추어.

"에리크!" 호프만이 다시 그의 이름을 부르더니 매제에게 총을 겨눴다.

아이 아빠는 딸을 향해 손을 뻗고 혀로 입술을 적셨다. "베티네……."

호프만이 총을 발사했다. 매제는 배에 총을 맞고 뒤로 비틀거렸다.

"총을 내려놓지 않으면 이 애를 쏘겠다!" 호프만이 외쳤다.

옆에서 한숨 쉬는 소리가 들렸다. 클라인이었다. 이미 관에서 일어난 그는 총신을 잘라낸 산탄총을 들어 전방을, 호프만을 겨누고 있었다. 하지만 호프만 아들의 관과 테이블이 앞을 막고 있었기 때문에 그는 사선射線을 확보하기 위해 관 쪽으로 한 발짝 더 내디뎠다.

"물러서! 아니면 이 애를 쏘겠다!" 이번에는 가성으로 호프만이 외쳤다.

산탄총은 대략 45도 정도 아래를 겨누었는데 클라인은 마치 총이 폭발해 얼굴을 다칠까 걱정된다는 듯이 몸을 뒤로 뺐다.

"안 돼, 클라인. 하지 마!" 내가 말했다.

나는 그가 눈을 질끈 감는 것을 보았다. 무언가가 터지리라는 걸 알고 있지만 정확히 언제 터질지 모를 때처럼.

"어르신!" 나는 소리치며 호프만과 눈을 마주치려 했다. "어르신! 제발 애를 놔주세요!"

호프만은 누굴 바보로 아느냐는 듯한 눈초리로 나를 바라보았다.

젠장. 이건 계획에 없던 일인데. 나는 클라인 쪽으로 한 발짝 다가갔다.

산탄총의 굉음에 귀가 먹먹했다. 한 줄기 연기가 천장으로 피어올랐다. 총신이 짧을수록 총알이 발사되는 범위는 넓어진다.

소녀의 하얀 블라우스에는 이제 핏빛 물방울무늬가 생겼다. 스쳐 가는 총알에 소녀의 목 한쪽이 찢어졌고, 호프만의 얼굴은 불타오르는 것처럼 보였다. 하지만 둘 다 살아 있었다. 호프만의 권총이 바닥을 가로질러 미끄러지는 동안, 클라인은 테이블의 관 위로 몸을 숙여 총을 든 팔을 쭉 뻗었다. 총신은 소녀의 어깨에 닿았고, 총구는 필사적으로 소녀 뒤에 숨으려는 호프만의 코에 닿았다.

클라인은 다시 총을 쐈다. 총에 맞은 호프만의 얼굴이 푹 꺼졌다.

클라인은 광기와 흥분 어린 표정으로 날 돌아봤다. "건수 하나 올렸네! 이 정도 건수면 만족하냐, 이 개자식아?"

산탄총의 총알이 다 떨어졌다는 걸 알고 있었지만, 그래도 클라인이 내 쪽으로 총을 들어 올린다면 난 그의 머리를 날릴 준비가 되어 있었다. 나는 호프만을 힐끗 보았다. 그의 머리는 가운데가 푹 꺼져 있었다. 마치 바람에 떨어져 안에서부터 썩어 들어가는 사과처럼. 그는 처리되었다. 그래서 뭐가 어떻단 말인가? 어차피 얼마 못 살 목숨이었다. 우리 모두 언젠가 죽는다. 하지만 적어도 내가 호프만보다는 오래 살 것이다.

나는 소녀를 끌어안은 다음, 호프만의 목에서 캐시미어 스카프를 빼내 피가 뿜어져 나오는 아이의 목에 둘렀다. 아이는 눈 전체를 다 채울 듯한 동공으로 날 바라볼 뿐 한 마디도 하지 않았다. 나는 덴마크에게 계단으로 가서 내려오는 사람이 없는지 확인하라고 한 뒤, 할머니에게 손녀의 출혈이 멈추도록 목의 상처 부위를 꽉 누르게 했다. 시야의 가장자리로 클라인이 그 흉측한 총에 새 탄약통 두 개를 장전하는 게 보였다. 나는 권총을 더 단단히 잡았다.

호프만의 여동생은 무릎을 꿇고 남편 옆에 앉아 있었다. 남편은 두 손으로 배를 누른 채 단조롭고 낮은 목소리로 신음했다. 상처에 위산이 들어가면 아주 고통스럽다고 듣긴 했지만 남자가 죽을 것 같지는 않았다. 하지만 아이는…… 젠장. 저 애가 무슨 죄가 있다고.

"이제 어떻게 하지?" 덴마크가 물었다.

"조용히 앉아서 기다려." 내가 말했다.

클라인이 콧방귀를 뀌었다. "뭘 기다려? 짭새를?"

"밖에서 차에 시동이 걸리고 떠나는 소리가 들릴 때까지 기다리라고." 내가 말했다. 나는 커다란 곰털 모자 아래로 보이던 결연하고 차분한 시선을 기억하고 있었다. 놈이 임무에 그다지 헌신적인 놈이 아닐 수도 있다.

"묘지기가-."

"조용히!"

클라인이 나를 노려봤다. 총구가 살짝 위로 올라갔다. 하지만 내 권총이 자기를 겨누고 있다는 걸 깨닫고 다시 총을 내렸다. 그러고는 입을 다물었다.

하지만 누군가는 입을 다물지 않았다. 테이블 밑에서 목소리가 들렸다.

"이런 씨발, 씨발, 씨발, 좆같은 새끼, 지옥에나 가라······."

순간적으로 난 그가 죽었는데도 입은 계속 움직이는 줄 알았다. 두 동강 난 뱀의 몸뚱이처럼. 어디선가 뱀은 그렇게 두 동강이 난 후에도 하루 정도는 계속 꿈틀거릴 수 있다고 읽은 적이 있다.

"이 좆탱이 씨뱅이 좆만한 새끼 좆을 따버릴 씨발 씹새야."

나는 그의 옆에 쪼그리고 앉았다.

왜 그에게 피네^{Pine}라는 이름이 붙었는지에 대해서는 의견이 분분했다. 누군가는 그것이 '통증'을 뜻하는 노르웨이어에서 왔다고 했다. 왜냐하면 여자들이 일하려고 하지 않을 때 그는 정확히 어디를 칼로 그어야 할지 알기 때문이다. 외모를 손상시키지 않으면서 가장 큰 통증을 유발하는 곳, 흉터가 남아도 상품 가치가 떨어지지 않는 곳이 어디인지. 그런가 하면 그의 다리가 워낙 길어서 소나무를 뜻하는 영어 'pine'에서 왔다고 하는 사람도 있었다. 하지만 지금으로서는 피네가 그 진실을 무덤까지 가져갈 듯했다.

"으으으, 이 씨발 좆같은 놈! 좆나 아프잖아, 올라브!"

"통증이 오래갈 것 같진 않아요, 피네."

"그래? 씨발. 내 담배 좀 줘봐."

나는 그의 귓등에서 담배를 빼내 파르르 떨리는 그의 입술 사이에 밀어 넣었다. 담배는 위아래로 흔들거렸지만 그래도 용케 입에 붙어 있었다.

"라-라-라이터는?" 피네가 더듬거렸다.

"미안하지만 나 담배 끊었어요."

"똑똑하군. 오래 살겠다."

"그거야 모르죠."

"물론이지. 넌 내일 당장 버-버-버스에 치-치일 수도 있으니까."

나는 고개를 끄덕였다. "밖에 누가 대기하고 있죠?"

"뭘 땀을 그렇게 흘리냐, 올라브? 옷을 너무 껴입었냐? 아니면 스트레스?"

"대답해요."

"말해주면 그 대-대-대가로 뭘 줄 건데?"

"세금 면제된 1천만 크로네. 아니면 지금 담배에 불을 붙여줄 라이터. 선택해요."

피네는 웃었다. 기침을 했다. "러시아인뿐이야. 하지만 실력이 좋은 거 같아. 직업 군인이라나 그랬어. 잘은 몰라. 그놈이 말을 거의 안 해서."

"무장했나요?"

"뭘 물어? 당연하지."

"무기가 뭡니까? 자동 기관총?"

"라이터는 어떻게 됐어?"

"대답 먼저요, 피네."

"죽어가는 사람에게 자비를 좀 베풀라고, 올라브." 그는 기침을 하며 내 하얀 셔츠에 피를 튀겼다. "그럼 밤에 단잠을 잘 수 있을 거야."

"그래서 당신은 단잠이 오던가요? 그 농아에게 거리로 나가 남자친구의 빚을 대신 갚으라고 강요한 후에?"

피네가 날 보며 눈을 깜빡거렸다. 그의 눈빛이 이상하게 또렷해졌다. 마치 통증이 덜해졌다는 듯이.

"아, 그 여자." 그가 나직이 말했다.

"네, 그 여자." 내가 말했다.

"네가 뭔가 오-오-오해를 한 거 같다, 올라브."

"그래요?"

"그래. 그 여자가 먼저 찾아왔어. 빚을 대신 갚아주고 싶다고 한 건 그 여자야."

"정말이에요?"

피네는 고개를 끄덕였다. 기분이 한결 나아진 것처럼 보였다. "사실 난 싫다고 했어. 그 여자는 별로 예쁘지가 않잖아. 게다가 자기 요구사항을 알아듣지도 못할 여자에게 어떤 손님이 돈을 주겠어? 그 여자가 하도 졸라대기에 그러라고 한 거야. 그리고 일단 자기가 빚을 떠맡겠다고 했으면 그건 그 사람 빚이 되는 거야. 안 그래?"

난 대답하지 않았다. 대답할 말이 없었다. 누군가가 이야기를 다시 썼다. 내 이야기가 더 나았다.

"이봐, 덴마크!" 내가 입구 쪽을 향해 외쳤다. "라이터 있어?"

그는 계단에서 눈을 떼지 않은 채 권총을 왼손으로 옮겨 잡고, 오른손으로 라이터를 찾아냈다. 우리는 참으로 이상한, 습관의 동물이다. 그는 내게 라이터를 던졌고, 나는 허공에서 라이터를 잡았다. 거칠게 긁히는 소리. 노란 불빛을 담배에 댔다. 불빛이 담배 안으로 빨려 들어가기를 기다렸지만 담배는 그냥 타들어갈 뿐이었다. 나는 한동안 라이터를 들고 있다가 엄지를 뗐다. 라이터는 꺼졌고 불빛은 사라졌다.

나는 주위를 둘러봤다. 피와 신음소리. 다들 각자의 사정에 집중하고 있었다. 클라인만 제외하고. 그는 내게 집중하고 있었다. 나는 그와 눈을 마주쳤다.

"네가 먼저 가." 내가 말했다.

"뭐?"

"네가 먼저 계단을 올라가라고."

"왜?"

"무슨 대답이 듣고 싶어? 네가 산탄총을 들고 있어서라고 해줄까?"

"그럼 네가 산탄총을 들어."

"그 때문이 아니야. 먼저 가라면 가. 네게 등을 보이고 싶지 않아."

"이게 무슨 좆같은 소리야? 그러니까 날 못 믿겠다는 거야, 지금?"

"널 나보다 먼저 보낼 정도로만 믿어." 난 대놓고 총으로 그를 겨눴다. "덴마크! 비켜. 클라인이 올라갈 거야."

클라인은 한동안 나를 바라보았다. "내가 반드시 이 일을 갚아주마, 요한센."

그는 신발을 벗어 던지더니 재빨리 돌계단 쪽으로 걸어가 쪼그린 자세로 컴컴한 계단을 올라갔다.

우리는 클라인을 지켜보았다. 그는 걸음을 멈추더니 일어서서 맨 위의 계단 너머를 재빨리 살피고는 얼른 다시 쪼그려 앉았다. 밖에 아무도 없었는지 클라인은 다시 일어나 계속 걸어가기 시작했다. 망할 놈의 구세군 기타리스트처럼 두 손으로 산탄총을 잡아 가슴 높이에 들어 올린 채. 계단을 다 올라가 걸음을 멈추더니 우리를 돌아보며 올라오라고 손짓했다.

나는 얼른 계단을 올라가려는 덴마크를 저지했다.

"잠깐 기다려." 나는 그렇게 속삭이고 열을 세기 시작했다.

둘까지 세기도 전에 연발 총성이 들렸다.

총에 맞은 클라인의 몸이 뒤로 넘어갔다.

그러고는 계단 중간쯤에 떨어져 우리 쪽으로 미끄러졌다. 마치 방금 도살당한 동물처럼 중력에 의해 한 계단씩 떨어지는 동안, 그는 이미 즉사한 상태라 근육에 경련조차 일지 않았다.

"이런 젠장." 덴마크가 속삭이며 우리 발치에서 멈춘 시체를 내려다보았다.

"헤이!" 내가 외치자, 그 말이 양 벽에 부딪히며 마치 내 부름에 대답하듯 울려 퍼졌다. 나는 영어로 소리쳤다. "네 보스는 죽었어! 임무는 끝났다! 러시아로 돌아가! 여기서 더 일한다고 해도 돈을 더 받진 못해!"

나는 기다렸다. 덴마크에게 피네의 자동차 열쇠를 찾아보라고 속삭였다. 그에게서 열쇠를 건네받자 나는 계단 위로 던졌다.

"우린 네가 차를 타고 떠나는 소리가 들릴 때까지 나가지 않을 거야!" 내가 소리쳤다.

그리고 기다렸다.

마침내 엉터리 영어가 들렸다. "보스가 죽은 건 몰라. 죄수일 수도 있어. 내게 보스를 줘. 그럼 난 떠나고 넌 살아."

"네 보스는 죽은 지 오래야! 내려와서 보라고!"

그가 웃음을 터뜨리더니 말했다. "난 보스를 데려간다."

나는 덴마크를 보았다.

"이젠 어떻게 하지?" 마치 염병할 후렴이라도 넣는 것처럼 덴마크가 속삭였다.

"머리를 베야지." 내가 말했다.

"뭐라고?"

"다시 내려가서 호프만의 머리를 베어 와. 피네에게 홈이 파인 사냥용 칼이 있어."

"아…… 어떤 호프만?"

이 녀석, 약간 모자란가? "당연히 다니엘 호프만이지. 그의 머리가 있어야 여기서 나갈 수 있다고. 알았어?"

그는 모르겠다는 표정이었다. 하지만 적어도 내가 시킨 대로 했다.

나는 계단에 시선을 고정시킨 채 문간에 서 있었다. 뒤에서 나직한 목소리가 들렸다. 주위가 조용한 덕분에 내 머릿속을 들여다볼 수 있었다. 이렇게 스트레스를 받는 상황에서는 늘 그렇듯 이상한 생각들이 마구잡이로 뒤섞여 있었다. 이를테면 클라인이 계단에서 떨어질 때 양복 재킷이 틀어지는 바람에 안쪽 라벨이 보였고, 그래서 그게 빌려 온 옷이라는 걸 알 수 있었지만 이제 그 재킷은 총알 구멍투성이라서 그쪽에서 돌려받지 않으리라는 생각. 또 호프만과 피네, 클라인의 시체가 이미 교회에 있고, 마침 빈 관이 세 개 있으니 안성맞춤이라는 생각. 코리나를 위해 비행기 날개 앞의 창가 자리를 예약했으니 비행기가 착륙할 때 그녀가 파리 시내를 내려다볼 수 있을 거라는 생각. 그다음에는 좀 더 유용한 생각 두 개가 떠올랐다. 우리가 탔던 밴을 몰던 청년은 지금 뭘 하고 있을까? 아직도 교회 아래 길에서 우리를 기다리고 있을까? 총성을 들었다면 마지막 총성이 우리에게는 없는 기관총 소리라는 걸 알았으리라. 마지막 총성이 적에게서 발사되었다는 건 언제나 나쁜 소식이다. 그는 밴에서 기다리라는 명령을 받았을 테지만 계속 냉정을 유지할 수 있을까? 이웃 사람들 중에 총성을 들은 사람이 있을까? 묘지기는 이 현장을 어떻게 받아들일까? 계획보다 시간이 훨씬 지체됐다. 우리에게 남은 시간은 얼마일까?

덴마크가 다시 내게로 걸어왔다. 얼굴이 창백했다. 하지만 그의 손에서 대롱거리는 머리의 얼굴은 더 창백했다. 나는 머리의 주인이 다니엘 호프만인지 확인한 다음, 덴마크에게 머리를 계단 위로 던지라고 손짓했다.

덴마크는 들고 있던 머리의 머리카락을 두어 번 꼰 다음, 앞으로 몇 걸음 달려 나가더니 마치 볼링공을 던질 때처럼 팔을 휘둘러 머리를 던졌다. 머리는 머리카락을 나부끼며 위로 올라갔지만 각도가 너무 가파른 탓에 천장에 부딪혀 계단으로 떨어졌다. 그러고는 완숙으로 익은 계란을 스푼으로 톡톡 칠 때처럼 조그맣게 짝짝 갈라지는 소리를 내며 통통 내려왔다.

"거리를 잘 가늠해야겠어." 덴마크는 그렇게 중얼거리며 다시 머리를 잡고 발의 위치를 옮기고 눈을 감아 집중한 뒤, 한두 번 숨을 크게 들이쉬었다. 나는 내가 미치기 일보 직전이라는 걸 깨달았다. 갑자기 웃음이 나오려고 했기 때문이다. 덴마크는 눈을 뜨고 앞으로 두 발짝 내딛더니 팔을 휘둘렀다. 머리를 던졌다. 4.5킬로그램의 인간 머리는 멋진 호를 그리며 날아가 계단 맨 위에 떨어졌다. 그러더니 통통 튀며 복도로 데굴데굴 굴러가는 소리가 들렸다.

덴마크는 의기양양한 표정으로 날 돌아보았지만 용케 아무 말도 하지 않았다.

우리는 기다렸다. 계속 기다렸다.

자동차 시동 소리가 들렸다. 엔진이 돌아가는 소리. 우두둑 기어를 넣는 소리. 후진 소리. 엔진이 좀 더 빠르게 돌아가는 소리. 기어를 1단에 놓은 것치고는 엔진의 회전 속도가 너무 빨랐다. 차는 비명을 지르며 멀어져 갔다. 그 차를 몰아본 적 없는 사람의 손에 이끌려.

나는 덴마크를 보았다. 그는 두 볼에 바람을 잔뜩 넣어 부풀리더니 후, 하고 숨을 내쉬면서 마치 뜨거운 물건이라도 들고 있었던 것처럼 오른손을 털었다.

나는 귀를 기울였다. 아주 열심히. 소리가 들리기 전에 느낌이 먼저 왔다. 경찰차의 사이렌. 차가운 공기를 타고 멀리서 그 소리가 전달되었다. 경찰차가 도착하려면 아직 멀었다.

나는 뒤를 돌아보았다. 소녀가 할머니의 무릎을 베고 누워 있었다. 소녀가 숨을 쉬는지 아닌지는 알 수 없었지만 안색으로 보아 출혈이 심한 것 같았다. 밖으로 나가기 전에 지하실 전체를 둘러보았다. 가족, 죽음, 피. 그 모습은 사진을 연상시켰다. 배를 물어뜯긴 얼룩말 한 마리와 세 마리의 하이에나.

19

트램에서 그녀에게 뭐라고 했는지 기억 안 난다고 했던 말은 사실이 아니다. 기억이 안 난다고 했는지는 잘 기억나지 않지만, 분명 그렇게 말할 작정이었다. 하지만 사실은 똑똑히 기억한다. 나는 그녀에게 사랑한다고 말했다. 그 말을 하면 어떤 기분일지 알고 싶었을 뿐이다. 그건 사람의 상체 모형에 총을 쏘는 것과 같다. 사람을 쏘는 것과 같지는 않지만 둥근 표적을 쏘는 것과는 확실히 기분이 다르다. 당연히 진심으로 한 말이 아니었다. 표적으로 쓰는 사람의 모형을 진심으로 죽이려는 게 아니듯이. 그것은 연습이었다. 익숙해지기 위해서였다. 언젠가 아마도 내가 사랑하면서 또 날 사랑해주는 여자를 만날 때 그 말을 자연스럽게 할 수 있다면 좋을 것이다. 아직 코리나에게 사랑한다는 말은 하지 못했다. 그러니까 큰 소리로, 열렬히, 다시는 돌이킬 수 없게, 단호하게, 그 말의 울림이 실내를 가득 채우고 침묵이 잔뜩 부풀어 올라 벽이 납작해질 정도로는 하지 않았다. 그저 마리아에게만 했다. 선로가 만나는, 혹은 갈라지는 바로 그 지점에서. 하지만 곧 코리나에게 그 말을 할 걸 생각하면 가슴이 터질 것 같다. 오늘 밤에 말할까? 아니면 파리로 가는 비행기 안에서? 파리의 호텔에서? 저녁 먹을 때? 그래, 그게 좋겠다!

나는 그런 생각을 하며 덴마크와 함께 교회에서 걸어 나왔다. 피오르가 얼기 시작했는데도 여전히 바닷소금 맛이 나는 날것의 차가운 공기를 들이마셨다. 이제 사이렌 소리는 또렷이 들렸지만 주파수가 잘 맞지 않는 라디오처럼 들락날락했고, 아직도 아득하게 들려서 어느 쪽에서 오는지 알 수 없었다.

교회 아래쪽 길에 주차된 검은 밴의 헤드라이트가 보였다.

나는 무릎을 살짝 굽힌 채 종종걸음으로 빙판길을 가로질렀다. 노르웨이 사람들은 어릴 때부터 이렇게 걷는 법을 배운다. 덴마크에서는 그렇지 않을지도 모른다. 거긴 눈과 얼음이 별로 많지 않으니까. 그래서인지 덴마크가 점점 뒤처지기 시작했다. 하지만 내 생각이 틀릴지도 모른다. 덴마크는 나보다 빙판길을 더 많이 걸어봤을 수도 있다. 우린 서로에 대해 아는 게 거의 없다. 그 저 멀끔하게 생긴 그의 둥근 얼굴과 환한 미소를 보고, 쾌활한 덴마크어를 들었을 뿐이다. 못 알아들을 때도 있지만 그 말들은 우리의 귀를 매끄럽게 해주고, 곤두선 신경을 가라앉히며, 덴마크 소시지와 덴마크 맥주, 덴마크의 햇살, 평평한 농지로 이뤄진 저 아래 남쪽 나라에서의 잔잔하고 평화로운 삶에 대해 이야기한다. 그러다 보면 기분이 아주 좋아져서 어느새 경계를 늦추게 된다. 하지만 내가 뭘 알겠는가? 어쩌면 덴마크는 나보다 사람을 더 많이 죽였을지도 모른다. 왜 갑자기 그런 생각이 들었을까? 아마도 갑자기 시간이 다시 무언가를, 또 다른 찰나, 꽉 눌린 용수철을 기다리고 있다는 생각이 들었기 때문일 것이다.

나는 뒤를 돌아보려 했다. 하지만 끝내 돌아보지 못했다.

덴마크를 나무랄 순 없다. 앞서 말했듯이 무기를 가진 사람을 쏴야 할 때는 나도 무슨 수를 써서든 그의 등 뒤에 서려 하기 때문이다.

교회 마당에 총성이 울렸다.

등이 눌리는 듯한 느낌과 함께 첫 번째 총알이 박혔고, 그다음 총알에는 짐승의 아가리가 허벅지를 꽉 무는 느낌이 들었다. 그가 내 다리를 쏜 것이다. 내가 벤야민에게 그랬듯이. 나는 앞으로 넘어졌고, 턱이 빙판에 부딪혔다. 나는 돌아누워 총구를 올려다보았다.

"미안, 올라브." 덴마크가 말했고, 나는 그 말이 진심이라는 걸 알 수 있었다. "개인적인 유감은 없어." 저 말을 하려고 내 다리를 쏜 것이리라.

"역시 뱃사람은 똑똑하군." 내가 속삭였다. "내가 클라인을 경계할 걸 알고 네게 일을 맡긴 거야."

"그런 셈이지."

"하지만 왜 날 죽이는 거지?"

덴마크는 어깨를 으쓱였다. 흐느끼는 사이렌 소리가 점점 가까워지고 있었다.

"뻔한 이유겠지." 내가 말했다. "보스는 자기의 비리를 아는 사람을 살려두고 싶어 하지 않으니까. 너도 그걸 명심하는 게 좋아, 덴마크. 손을 떼야 할 때가 언제인지 알아야 한다고."

"그 때문이 아냐, 올라브."

"그럼 이거겠군. 뱃사람도 결국엔 보스고, 보스들이란 윗사람을 기꺼이 처치하는 아랫사람을 두려워하기 마련이지. 다음은 자기 차례라고 생각하니까."

"그것도 아냐, 올라브."

"씨발, 내가 피 흘리며 죽어가는 게 안 보여? 스무고개는 건너뛰는 게 어때?"

덴마크는 목청을 가다듬었다. "뱃사람이 말하길, 지독하게 냉혈한인 사업가가 아니고서야 자기 부하를 세 명이나 처치한 놈에게 양심을 품지 않기란 힘들다고 했어."

덴마크는 날 겨냥하고 방아쇠를 감아쥐었다.

"이번엔 탄창에 총알이 끼지 않겠어?" 내가 속삭였다.

그는 고개를 끄덕였다.

"내 마지막 크리스마스 소원을 들어줘. 얼굴은 쏘지 마. 제발 부탁이야."

덴마크가 머뭇거렸다. 그러더니 다시 고개를 끄덕였다. 총구를 살짝 내렸다. 나는 눈을 감았다. 두 번의 총성이 들렸다. 총알이 내 몸을 뚫고 들어오는 게 느껴졌다. 두 개의 납 탄환. 보통 사람의 심장이 있는 부위로.

20

"우리 아내가 만들어줬어. 연극용으로." 그는 그렇게 말했다.
촘촘히 엮인 금속 고리. 다 합하면 몇 개나 될까? 앞서 말했듯이
난 그 미망인과의 거래에서 얻은 게 있었다. 금속 고리로 만들어
진 흉갑. 피네가 내게 땀을 흘린다고 말하는 게 당연했다. 나는
양복과 셔츠 아래로 망할 중세 시대 왕처럼 흉갑을 입고 있었으
니까.

금속 흉갑은 등과 가슴에 맞은 총알을 막아주었지만 허벅지는
운이 없었다.

나는 허벅지에서 피가 솟구치는 걸 느끼며 미동도 없이 빙판에
누워 있었다. 검은 밴의 불빛이 긴 선을 그리며 어둠 속으로 사라
지는 것을 바라보았다. 그러고는 힘겹게 몸을 일으켰다. 아까 거
의 기절하다시피 했으나 간신히 일어나 교회 문 앞에 주차된 볼

보를 향해 비틀비틀 걸어갔다. 시시각각 사이렌의 합창 소리가 가까워졌다. 그 합창 속에 적어도 한 대의 구급차가 있었다. 묘지 기가 제대로 상황 파악을 하고 경찰서에 신고한 게 틀림없다. 어쩌면 소녀의 목숨을 구할 수 있을지도 모른다. 아닐 수도 있고. 어쩌면 나도 목숨을 건질 수 있을지 모른다. 그렇게 생각하며 볼보의 차 문을 열었다. 아닐 수도 있고.

하지만 호프만의 매제가 부인에게 했던 말은 사실이었다. 차에는 자동차 열쇠가 꽂혀 있었다.

나는 운전대 뒤로 비집고 들어가 열쇠를 돌렸다. 시동 모터가 칭얼거리더니 이내 꺼져버렸다. 젠장, 젠장. 나는 열쇠를 뺐다가 다시 넣고 돌려봤다. 다시 칭얼거렸다. 제발 좀 걸려라! 이렇게 걸핏하면 눈이 오는 엿 같은 나라에서 차를 만든다면 분명 영하로 떨어진 날씨에도 시동이 걸리도록 만들어야 한다. 나는 다른 손으로 핸들을 내려쳤다. 경찰차의 푸른 불빛이 오로라처럼 겨울 하늘을 밝히고 있었다.

걸렸다! 나는 발로 액셀러레이터를 밟았다. 클러치를 풀자, 눈 위에서 스터드 타이어가 헛돌더니 이내 접지력을 되찾아 교회 정문 쪽으로 휙 돌아갔다.

나는 주택가 속으로 200미터쯤 차를 몰다가 다시 차를 돌려 교회 쪽으로 엉금엉금 나아갔다. 얼마 못 가 백미러에 경찰차의 푸

든빛이 보였다. 나는 정차하겠다는 표시로 방향지시등을 켜고 어느 주택의 진입로로 들어섰다.

경찰차 두 대와 구급차 한 대가 지나갔다. 최소한 경찰차 한 대는 더 오는 소리가 들려서 좀 더 기다렸다. 문득 예전에 여기 왔었다는 걸 깨달았다. 젠장. 내가 벤야민 호프만을 처치한 게 바로 이 집 앞이었다.

거실 창문에는 크리스마스 장식과 플라스틱 촛불이 있었다. 창문 너머로 보이는 단란한 가족의 삶이 정원의 눈사람과 대조되었다. 결국 소년은 눈사람을 만드는 데 성공한 모양이다. 아버지의 도움을 받았거나, 약간의 물을 사용했을 수도 있다. 아주 제대로 만든 눈사람이었다. 모자를 썼고, 검은 돌로 된 기계적인 미소를 지었으며, 나무 막대로 만든 팔은 이 부패한 세상과 거기서 일어나는 미친 짓을 모두 포용하고 싶어 하는 것처럼 보였다.

경찰차 한 대가 지나가자, 나는 다시 도로로 후진해 그곳을 떠났다.

다행히도 더는 경찰차가 오지 않았다. 필사적으로 평범하게 운전하려 하지만 크리스마스이브 전날, 오슬로 거리를 오가는 다른 운전자들과는 여전히 어딘가 다르게 운전하는(딱히 뭐가 다른지는 꼬집어 말할 수 없지만) 남자의 볼보를 목격할 사람도 없었다.

나는 공중전화 부스 바로 옆에 차를 세우고 시동을 껐다. 바지의 한쪽 가랑이와 좌석 커버가 피로 흠뻑 젖어 있었고, 허벅지에 무슨 악마의 심장이라도 박혀서 검은 동물의 피, 제물의 피, 사탄의 피를 뿜어내는 것만 같았다.

내가 현관문을 열고 문가에서 휘청거리자, 코리나가 겁에 질려 그 푸르고 큰 눈을 휘둥그렇게 떴다.

"올라브! 맙소사, 어떻게 된 거예요?"

"끝났어요." 나는 등 뒤로 문을 닫았다.

"그이가…… 그이가 죽었어요?"

"네."

실내가 천천히 돌아가기 시작했다. 피를 얼마나 흘린 거지? 2리터? 아니다, 우리 몸에는 5에서 6리터 가량의 피가 있고, 그중 20퍼센트 이상을 흘리면 기절한다고 읽은 적이 있다. 그러니까 대략 몇 리터인가 하면…… 젠장. 어쨌든 2리터보다는 적다.

거실에 세워놓은 그녀의 수트케이스가 보였다. 그녀는 파리로 떠날 준비가 되어 있었다. 남편, 아니 전남편의 집에서 나올 때 가져왔던 물건들 그대로였다. 나는 아무래도 짐을 너무 많이 싼 것 같다. 지금까지 갔던 여행이라고 해봐야 스웨덴에 가본 게 전부였다. 열네 살 때 엄마와 함께 이웃집 남자의 차를 타고 갔다. 예테보리에 도착해 리세베리 놀이공원에 들어가기 직전, 이웃집 남자는 내게 엄마랑 좀 잘해봐도 되겠느냐고 물었다. 이튿날 엄마와 나는 기차를 타고 집으로 갔다. 엄마는 내 볼을 토닥이며 내가 엄마의 기사라고, 이 세상에 남은 유일한 기사라고 말했다. 그렇게 말하는 엄마의 목소리에서 거짓이 느껴진다고 생각했던 건 아마도 역겨운 어른들의 세계를 접하고 너무 당황했기 때문일 것이다. 하지만 앞서 말했듯이, 나는 눈치가 더럽게 없어서 사실을 말할 때와 거짓을 말할 때의 어조가 어떻게 다른지 절대 구분하지 못한다.

"바지에 묻은 게 뭐예요, 올라브? 그거…… 피예요? 맙소사, 다 쳤군요! 어떻게 된 거예요?" 거기 서 있는 그녀가 너무도 당황하고 속상한 듯 보여 나는 웃지 않을 수 없었다. 그러자 그녀가 수상하다는 듯이, 화가 난다는 듯이 날 보았다. "지금 뭐 하는 거예요? 여기 서서 피를 펑펑 흘리는 게 웃겨요? 총에 맞은 데가 어디예요?"

"허벅지뿐이에요."

"허벅지뿐? 동맥에 맞았으면 출혈 과다로 죽는다고요, 올라브! 당장 바지 벗고 부엌 의자에 앉아요." 그녀는 입고 있던 코트를 벗고 욕실로 갔다.

그러더니 붕대와 반창고, 소독약 등등을 모조리 들고 나왔다.

"일단 꿰매야겠어요." 그녀가 말했다.

"알았어요." 내가 벽에 머리를 기대고 눈을 감으며 말했다.

그녀는 상처를 닦고 지혈을 시도했다. 바늘로 상처를 꿰매며 이건 임시방편일 뿐이라고 설명했다. 총알이 허벅지 어딘가에 계속 박혀 있을 테지만 지금으로서는 손쓸 방도가 없다고 했다.

"이런 건 어디서 배웠어요?" 내가 물었다.

"쉬, 가만있어요. 안 그러면 바늘에 찔려요."

"간호사가 따로 없군요."

"총에 맞아 날 찾아온 사람이 당신이 처음은 아니니까요."

"그렇겠죠." 나는 담담하게 말했다. 비꼬는 게 아니라 사실 그대로를 말하듯이. 서두를 필요는 없었다. 이런 이야기에는 시간이 충분하다. 나는 눈을 뜨고 아래를 내려다보았다. 내 앞에 무릎 꿇은 그녀의 뒤통수에 머리가 동그랗게 말려 있었다. 그녀의 향기를 들이마셨다. 향기가 어딘지 달랐다. 내 곁에 있는 코리나, 알몸으로 흥분한 코리나, 내 팔에 땀을 흘리던 코리나의 좋은 냄새에 무언가가 섞여 있었다. 많이는 아니었지만 소량의 무언가, 암모니아 같은 것, 없는 듯하지만 그래도 존재하는 무언가가 섞여 있었다. 당연하다. 그녀가 아니라 내게서 나는 냄새였다. 내 상처에서 나는 냄새. 벌써 감염이 되어 살이 썩기 시작한 것이다.

"다 됐어요." 그녀가 그렇게 말하며 이로 실을 끊었다.

나는 그녀를 내려다보았다. 블라우스의 한쪽 어깨가 흘러내리며 목 옆쪽으로 멍이 보였다. 전에는 못 봤는데 벤야민 호프만에게 맞아서 생긴 게 틀림없다. 나는 그녀에게 말해주고 싶었다. 다시는 그런 일이 없을 거라고, 다시는 아무도 그녀에게 손댈 수 없을 거라고. 하지만 지금은 그럴 때가 아니다. 자기 앞에 있는 남자가 피 흘리다 죽지 않도록 상처를 꿰매주고 있는 여자에게 이젠 안전하다고 말한들 그 말을 믿겠는가?

그녀는 물에 적신 수건으로 피를 모두 닦아내고 내 허벅지에 붕대를 감았다.

"열이 나는 거 같아요, 올라브. 얼른 침대에 누워요."

그녀는 내 재킷과 셔츠를 벗겼다. 쇠사슬을 뚫어지게 바라보았다. "이게 뭐죠?"

"흉갑이에요."

그녀는 내가 흉갑을 벗을 수 있도록 도와준 다음, 덴마크의 총알이 남긴 멍을 손으로 쓰다듬었다. 애정을 담아. 신기하다는 듯이. 그리고 거기에 키스했다. 내가 침대에 누워 오한에 떠는 동안, 그녀는 이불을 꼭꼭 여며주었고 나는 엄마의 침대에 누워 있는 것 같았다. 통증도 사라진 것만 같았다. 이번 일에서 무사히 빠져나갈 수 있을 것 같았다. 하지만 그건 내게 달려 있지 않았다. 난 강에 떠 있는 보트였고, 주도권은 강에 있었다. 내 운명, 내 목적지는 이미 결정되었다. 걸리는 시간과 그 과정에서 내가 보고 경험할 것들은 이미 시위를 떠났다. 심하게 아플 때는 인생이 단순해 보이는 법이다.

나는 꿈나라로 빠져들었다.

그녀는 내 한쪽 팔을 자기 어깨에 걸친 채 날 부축하면서 달리고 있었다. 그녀의 발아래서 물이 철벅거렸다. 주위는 캄캄했고 하수구, 감염된 상처, 암모니아와 향수 냄새가 났다. 머리 위쪽의 거리에서 총성과 고함이 들렸고, 맨홀 뚜껑을 통과한 빛이 여러 가닥으로 떨어졌다. 하지만 누구도 그녀를 막을 수 없었고 그녀는 용감하고 힘이 넘쳤다. 우리 둘 다 책임질 수 있을 정도로. 그리고 여기서 나가는 길을 알고 있었다. 전에 온 적이 있기 때문이다. 이야기는 그렇게 진행된다. 그녀는 하수관이 교차하는 곳에서 걸음을 멈추고, 날 내려놓더니 주위를 살펴봐야 한다고, 하지만 곧 돌아오겠다고 말했다. 나는 거기 누워 내 주위로 쥐들이 잽싸게 돌아다니는 소리를 들으며 맨홀 뚜껑 너머의 달을 바라보았다. 뚜껑의 격자무늬에 송알송알 맺힌 물방울이 빙글빙글 돌기도 하고, 달빛을 받아 희미하게 빛나기도 했다. 통통하고, 붉고, 빛나는 물방울. 그러더니 뚜껑을 떠나 내게로 떨어졌다. 내 가슴을 때렸다. 금속 고리를 뚫고 내 심장이 있는 곳으로 떨어졌다. 따뜻하고 차갑게. 따뜻하고, 차갑게. 그 향기……

나는 눈을 떴다.

그녀를 불렀지만 대답이 없었다.

"코리나?"

나는 일어나 앉았다. 허벅지가 욱신거리고 아팠다.

힘겹게 두 발을 침대 아래로 내렸다. 불을 켰다가 깜짝 놀랐다. 허벅지가 너무 부어서 징그러울 지경이었다. 출혈이 계속되는 것 같았다. 다만 살갗과 붕대에 막혀 피가 흐르지 않을 뿐이었다.

달빛 속에서 거실 한가운데 놓인 그녀의 수트케이스가 보였다. 하지만 의자에 걸쳐두었던 그녀의 코트는 사라지고 없었다. 나는 두 발로 일어서서 절룩거리며 부엌으로 갔다. 서랍을 열고, 커틀 러리가 보관된 그릇을 들어 올렸다.

편지가 든 봉투는 거기 있었다. 누구도 만진 흔적 없이.

나는 편지를 들고 창가로 갔다. 유리창 바깥쪽에 설치된 온도 계를 보니 아직도 기온이 내려가고 있었다.

아래를 내려다보았다.

그녀가 있었다. 잠깐 바람을 쐬러 나간 모양이다.

어깨를 웅크린 채 공중전화 부스 안에 서 있었는데 거리를 등 지고 전화기는 귀에 바짝 대고 있었다.

나는 손을 흔들었다. 그녀가 날 볼 수 없다는 걸 알고 있었는데도.

으악, 허벅지가 아팠다.

그러자 그녀가 전화를 끊었다. 나는 창가에서 한 발짝 물러나 어둠 속에 섰다. 그녀가 전화 부스에서 나와 우리 집 창문을 올려다보았다. 나는 꼼짝하지 않았고 그녀 역시 꼼짝하지 않았다. 눈송이 서너 개가 허공에 떠 있었다. 이윽고 그녀가 걷기 시작했다. 발목을 곧추세운 채 발을 내디뎠다. 한쪽 발을 반대쪽 발 근처로 가져갔다. 줄타기 곡예사처럼. 그녀는 길을 건너 다시 내 쪽으로 왔다. 눈 위로 발자국이 보였다. 고양이 발자국. 앞발과 같은 자리를 디딘 뒷발. 비스듬히 비추는 가로등 불빛에 발자국 가장자리마다 그늘이 살짝 드리웠다. 그뿐이었다. 단지 그것뿐……

그녀가 다시 살그머니 집 안으로 들어왔을 때 난 눈을 감은 채 침대에 누워 있었다.

그녀는 코트를 벗었다. 나는 그녀가 나머지 옷도 벗고 침대에 들어오길 바랐다. 내 곁에 누워 잠시 날 안아주길 바랐다. 그뿐이었다. 잔돈도 어디까지나 돈이다. 왜냐하면 이젠 깨달았기 때문이다. 그녀가 날 데리고 하수도를 통과해서 도망치는 일은 없으리라는 걸. 그녀는 날 구해주지 않으리라는 걸. 그리고 우리는 파리에 가지 않으리라는 걸.

그녀는 침대 속으로 들어오지 않고 대신 어둠 속 의자에 앉
았다.

그러고는 바라보았다. 기다렸다.

"여기까지 오는 데 얼마나 걸릴까요?" 내가 물었다.

그녀가 움찔했다. "깨어 있었군요."

나는 다시 물었다.

"누가 온다는 거예요, 올라브?"

"뱃사람."

"당신은 열이 있어요, 올라브. 좀 자도록 해요."

"당신이 방금 공중전화로 전화한 사람이 그 사람이잖아요."

"올라브……."

"난 그저 얼마나 걸릴지 알고 싶을 뿐이에요."

그녀는 고개를 숙이고 있었기 때문에 얼굴이 그늘 속에 잠겨
있었다. 그녀가 다시 입을 열었을 때는 이전과 다른 목소리가 흘
러나왔다. 더 딱딱한 목소리. 하지만 심지어 내 귀에도 더 순수하
게 들렸다. "20분쯤요, 아마도."

"알았어요."

"어떻게…… 알았어요?"

"암모니아. 홍어요."

"네?"

"홍어와 접촉하면 살에 암모니아 냄새가 남죠. 특히 손질이 안 된 홍어일 경우에는요. 어디선가 그건 홍어가 살에 요산을 저장 하기 때문이라고 읽었어요. 상어처럼요. 하지만 내가 뭘 알겠어 요."

코리나가 멍한 미소를 지으며 날 바라보았다. "그렇군요."

다시 정적이 흘렀다.

"올라브?"

"네?"

"개인적인……."

"원한 때문은 아니라고요?"

"네."

허벅지를 꿰맨 실이 틀어지면서 염증과 고름의 악취가 새어 나 왔다. 나는 허벅지에 손을 댔다. 붕대가 흠뻑 젖어 있었고 살은 여전히 땡땡했다. 안쪽에 피가 많이 고인 모양이었다.

"그럼 뭐 때문이죠?" 내가 물었다.

그녀가 한숨을 쉬었다. "그게 중요한가요?"

"난 이야기를 좋아하거든요. 아직 20분 남았잖아요."

"당신 때문이 아니에요. 나 때문이죠."

"그럼 당신은 왜 그러는 건데요?"

"그러게요. 내가 왜 그러는 걸까요?"

"다니엘 호프만은 살 날이 얼마 남지 않았어요. 당신도 그걸 알고 있었죠. 안 그래요? 그리고 벤야민 호프만이 그의 자리를 넘겨받으리라는 것도."

그녀는 어깨를 으쓱였다. "거기까진 맞아요."

"그러니까 당신은 돈과 권력을 위해서라면 아무런 양심의 가책도 없이 속여야 할 사람을 속이는군요?"

코리나는 벌떡 일어나 창가로 갔다. 거리를 내려다보았다. 담배에 불을 붙였다.

"양심의 가책이 없다는 부분만 빼면 그럭저럭 맞아요." 그녀가 말했다.

나는 귀를 기울였다. 조용했다. 자정이 넘었고, 따라서 지금은 크리스마스이브라는 걸 깨달았다.

"그냥 전화로 연락했나요?" 내가 물었다.

"가게로 찾아갔어요."

"그가 당신을 순순히 만나겠다고 하던가요?"

그녀가 입을 뾰족 내밀며 담배 연기를 내뿜는 실루엣이 창문에 비쳤다. "그 사람도 남자니까요. 다른 남자와 똑같죠."

뱃사람의 가게에 갔을 때 불투명한 유리창 너머로 보이던 형체가 생각났다. 목의 멍. 생긴 지 얼마 안 된 자국이었다. 난 눈뜬 장님이나 마찬가지다. 구타. 복종. 굴욕. 그게 그녀가 원하는 것이었다.

"뱃사람은 유부남인데 당신이 뭘 줄 수 있죠?"

그녀는 어깨를 으쓱였다. "아무것도요. 한동안은. 하지만 결국 내게 원하는 게 생길 거예요."

그녀의 말이 맞았다. 아름다움은 모든 걸 능가한다.

"내가 집에 왔을 때 당신이 그렇게 충격을 받은 건 내가 다쳐서가 아니라 살아 돌아왔기 때문이군요."

"둘 다예요. 내가 당신에게 아무 감정도 없는 건 아니에요, 올라브. 당신은 좋은 연인이에요." 그녀가 짧게 웃음을 터뜨렸다. "처음엔 당신에게 그런 자질이 없는 줄 알았어요."

"무슨 자질요?"

그녀는 그저 빙그레 웃었다. 담배를 세게 빨아들였다. 어슴푸레한 창가에서 담배 끝이 빨갛게 빛났다. 만약 길가에 서 있던 누군가가 지금 이 창문을 올려다본다면 저 불빛이 안락한 보금자리, 화목한 가정, 크리스마스 분위기를 흉내 내는 가짜 양초라고 생각할지도 모른다. 그리고 어쩌면 여기 사는 사람들이 내가 바랐던 모든 걸 다 가졌다고 생각할지도 모른다. 저기 사는 사람들은 인간이 응당 누려야 할 삶을 살고 있다고. 모르겠다. 그냥 나라면 그렇게 생각했을 것 같다.

"무슨 자질이 없는 줄 알았다는 거예요?" 내가 다시 물었다.

"도미넌트, 나의 왕이 되는 거요."

"나의 왕?"

"네." 그녀가 웃었다. "잠시 당신을 말려야 하는 건 아닐까 생각했다니까요."

"무슨 말을 하는 겁니까?"

"이거요." 그녀가 블라우스의 한쪽 어깨를 아래로 잡아당기며 멍을 가리켰다.

"내가 한 게 아니에요." 내가 말했다.

담배를 입으로 가져가던 그녀가 동작을 멈추고 이상하다는 눈으로 날 바라보았다.

"당신이 한 게 아니라고요? 그럼 내가 이렇게 했겠어요?"

"아무튼 난 아닙니다. 확실해요."

그녀가 부드럽게 웃었다. "왜 그래요, 올라브. 이건 부끄러워할 일이 아니에요."

"난 여자를 때리지 않아요."

"네, 인정하죠. 처음에는 당신을 설득하기가 쉽지 않았어요. 하지만 당신은 목 조르는 걸 좋아했죠. 내가 일단 허락하면 정말로 좋아했어요."

"아냐!" 난 양손으로 귀를 막았다. 그녀의 입술이 움직였지만 아무것도 들리지 않았다. 들을 가치가 없었다. 왜냐하면 이건 그런 이야기가 아니기 때문이다. 처음부터 그랬다.

하지만 그녀의 입술은 계속 여러 가지 모양을 만들었다. 말미잘처럼. 예전에 말미잘은 입이 곧 항문이고, 항문이 곧 입이라고 배운 적이 있다. 왜 그녀는 계속 얘기하는 걸까? 원하는 게 뭘까? 다들 뭘 원하는 걸까? 이제 나는 귀가 먹고 말을 할 수 없었다. 내겐 더 이상 저들이, 일반인들이 끊임없이 생성해내는 저 음파, 산호초에 부딪혀 사라져버리는 저 음파를 해석할 도구가 없었다. 나는 뜻이 통하지 않는 세상, 일관성 없는 세상을 내다보았다. 다들 자기들에게 주어진 삶만 필사적으로 살아가고, 역겨운 욕망은 모조리 본능적으로 충족시키고, 우리가 불멸의 존재라는 것을 깨닫자마자 찾아오는 죽음의 고통과 외로움에 대한 걱정은 질식시켜버리는 세상. 나는 그녀의 말이 무슨 뜻인지 알고 있다. 그게. 전부. 인가요?

나는 침대 옆 의자에 걸쳐 있던 바지를 집어 들어 입었다. 한쪽 바짓가랑이는 피와 고름으로 딱딱하게 굳어 있었다. 침대에서 일어나 다리를 질질 끌며 바닥을 가로질렀다.

코리나는 움직이지 않았다.

신발을 신기 위해 몸을 숙이자 속이 울렁거렸지만 가까스로 신발을 신었다. 코트를 입었다. 여권과 파리행 비행기 표는 코트 주머니 속에 들어 있었다.

"멀리 가지 못할 거예요." 그녀가 말했다.

볼보 열쇠는 바지 주머니 속에 있었다.

"이미 상처가 벌어졌다고요. 당신이 직접 봐요."

나는 현관문을 열고 계단통으로 나갔다. 양손으로 계단 손잡이를 잡고 팔에 힘을 줘서 한 계단씩 내려갔다. 그러는 동안 작고 음탕한 수거미를 생각했다. 면회 시간이 끝났다는 걸 약간 너무 늦게 깨달아버린 수거미.

1층에 내려왔을 때는 이미 신발 속이 피로 질퍽거렸다.

나는 차가 있는 쪽으로 걸어갔다. 경찰차의 사이렌 소리. 그 소리는 늘 거기 있었다. 오슬로를 둘러싼 설원에서 들리는 늑대들의 우는 소리처럼. 높아졌다, 낮아졌다, 피 냄새를 찾아 킁킁거린다.

이번에는 한 번에 시동이 걸렸다.

어디로 가고 있는지는 알고 있었지만, 거리는 형태와 방향이 사라지고 사자갈기 해파리의 촉수가 되어 부드럽게 흔들렸기 때문에 길을 따라가기 위해서는 계속 방향을 틀어야만 했다. 아무것도 그대로 남아 있으려고 하지 않는 이 고무 도시에서는 내가 있는 곳이 어딘지 알기 힘들었다. 나는 신호등의 빨간불을 보고 브레이크를 밟았다. 지금 내가 어디에 있는지 알아내려 했다. 신호등의 불이 바뀌며 뒤차가 경적을 울리자 깜짝 놀랐다. 깜빡 졸

왔나 보다. 액셀러레이터를 밟았다. 여기는 어디지? 아직 오슬로에 있는 건가?

엄마는 내가 아버지를 죽인 것에 대해 아무 말도 하지 않았다. 마치 그런 일이 없었다는 듯이. 난 상관없었다. 그런데 4, 5년쯤 지난 어느 날, 식탁에 앉아 있는데 느닷없이 엄마가 이렇게 물었다. "언제쯤 돌아오실 거 같니?"

"누가요?"

"네 아버지." 엄마는 초점 없는 눈으로 날 바라봤다. 그 시선은 날 관통해 그 너머를 보고 있었다. "한동안 안 오셨잖니. 이번에는 어딜 갔기에 이렇게 오래 걸리는 걸까?"

"아버지는 안 돌아와요, 엄마."

"왜 안 돌아와. 당연히 돌아오지." 엄마는 술잔을 들어 올렸다. "아버지가 날 얼마나 아끼는데. 그리고 너도."

"엄마, 엄마가 날 도와서 아버지의 시신을 운반······."

엄마는 탕 소리가 나게 잔을 내려놓았고, 술이 식탁으로 튀었다.

"그러니까," 내게서 시선을 떼지 않은 채 엄마가 무덤덤하게 말했다. "누군가가 내게서 네 아버지를 빼앗아간다면 그건 정말 나쁜 사람일 거야. 안 그러니?"

엄마는 식탁보에 떨어진 반짝이는 액체를 한 손으로 닦고는 그

사리를 계속 문질렀다. 마치 무언가를 지우려는 것처럼. 나는 무슨 말을 해야 할지 몰랐다. 엄마는 엄마만의 이야기를 만들어냈다. 나는 나만의 이야기를 만들어냈고. 그렇다고 누구의 이야기가 맞는지 알아내기 위해 니테달 호수에 뛰어들 수도 없는 노릇이었다. 그래서 난 아무 말도 하지 않았다.

하지만 엄마가 그런 대접을 받으면서도 아버지를 사랑한다는 사실은 내게 사랑에 대해 한 가지 사실을 가르쳐주었다.

아니, 그렇지 않다.

가르쳐주지 않았다.

그 사실은 사랑에 대해 아무것도 가르쳐주지 않았다.

그 후로 우리는 두 번 다시 아버지 이야기를 꺼내지 않았다.

나는 도로를 따라가기 위해, 가능한 한 도로에서 벗어나지 않기 위해 운전대를 돌렸다. 하지만 도로는 시종일관 날 떨쳐내려는 듯이 계속 방향을 틀었다. 내가 탄 차가 벽이나 반대편에서 오는 차들을 들이받게 하려고. 반대편 차선의 차들은 경적을 울리며 사라져갔는데 경적은 이내 기운 빠진 손풍금의 소리처럼 희미해졌다.

오른쪽으로 커브를 틀었더니 조용한 거리가 나왔다. 가로등도 적고, 차량도 적었다. 어둠이 내려앉고 있었다. 그러더니 칠흑처럼 캄캄해졌다.

내가 기절해 도로 밖으로 차를 몬 것이 분명하다. 앞 유리에 머리를 찧었지만 다행히 주행 속도가 빠르지 않아서 유리가 깨지지도, 머리를 다치지도 않았다. 앞 범퍼로 들이받은 가로등이 구부러지지도 않았다. 다만 시동이 꺼졌다. 열쇠를 몇 번 돌려봤지만 투덜대는 소리만 들릴 뿐 열의는 점점 더 사그라들고 있었다. 차문을 열고 밖으로 기어 나갔다. 기도하는 이슬람교도처럼 무릎과 팔꿈치로 땅을 짚었다. 내린 지 얼마 안 된 눈에 양 손바닥이 따가웠다. 양손을 움직여 보슬보슬한 눈을 긁어모았다. 하지만 보슬보슬한 눈으로 할 수 있는 건 그게 전부다. 순백색이고 아름답지만 그걸로 뭔가 오래가는 걸 만들기는 힘들다. 뭐든 만들 수 있을 것 같지만 뭘 만들든 결국에는 무너진다. 손가락 사이로 부서져버린다. 여기가 어딘지 알아내기 위해 고개를 들어 주위를 살폈다.

나는 차에 기대 일어서서 창문으로 갔다. 유리창에 대고 얼굴을 납작 눌렀더니 기분이 좋았다. 펄펄 끓는 이마가 시원해졌다. 창문 안쪽의 선반과 카운터는 은은한 어스름에 잠겨 있었다. 너무 늦은 시간이라 슈퍼는 이미 문을 닫았다. 당연히 그렇겠지. 지금은 한밤중이니까. 문에 오늘은 평소보다 일찍 닫는다는 팻말까지 달려 있었다. '재고 정리를 위해 12월 23일에는 14시에 영업을 종료합니다.'

재고 정리라. 당연하다. 크리스마스이브 전날이니까. 한 해의
끝. 재고 정리를 해야 할 때지.

한쪽 구석, 줄지어 늘어선 카트들 뒤로 크리스마스트리가 있었
다. 작고 보잘것없었지만 그래도 엄연히 크리스마스트리였다.

왜 여기로 차를 몰았는지 모르겠다. 호텔로 가서 방을 얻을 수
도 있었을 텐데. 방금 전 우리가 해치운 남자의 집 맞은편에 있는
호텔. 날 해치운 여자의 집 맞은편에 있는 호텔. 아무도 내가 거
기 있으리라고는 생각하지 못할 것이다. 내가 가진 돈이면 두 밤
은 충분히 묵을 수 있다. 아침이 되면 뱃사람에게 전화해 나머지
돈을 내 계좌로 송금해달라고 해야지.

내 웃음소리가 들렸다.

따뜻한 눈물이 볼을 타고 흘러내리더니 방금 내린 눈 속으로
떨어지며 구멍이 파였다.

한 방울 더. 하지만 이번 눈물은 그냥 사라져버렸다.

무릎을 보았다. 바지에서 배어 나온 피가 뚝뚝 떨어져 눈 위에
자리 잡았다. 계란 흰자 같은 점액질의 막을 형성하며. 나는 피가
사라지기를 바랐다. 녹아내리는 내 눈물처럼 사라지기를. 하지만
피는 거기 그대로 있었다. 붉게 그리고 살짝 떨며. 땀에 젖은 내
머리카락이 유리창에 달라붙었다. 이제 와서 말하기는 약간 늦은
감이 있지만, 혹시라도 말하지 않았을 경우를 대비해 말해두자면

난 숱이 약간 적고 긴 금발에 수염을 길렀다. 키는 보통이고 눈동자는 파란색이다. 그렇게 생겼다. 머리와 수염을 기르는 데는 이유가 있다. 혹시라도 일을 할 때 목격자가 많아지면 외모를 금방 바꿀 수 있기 때문이다. 외모를 금방 바꿀 수 있다는 바로 그 이점 때문에 나는 지금 창문에 얼어붙어 뿌리를 내리며, 내가 늘 말했던 산호초의 일부가 되고 있었다. 어쨌든. 나는 이 창문과 하나가 되고 싶었다. 유리가 되고 싶었다. 〈동물의 왕국 5권: 바다〉에 나오는 무척추동물 말미잘이 자기가 사는 산호초의 일부가 되는 것처럼. 그리고 아침이면 마리아를 볼 수 있을 것이다. 그녀에게 들키지 않고 하루 종일 그녀를 지켜볼 수 있다. 그녀에게 하고 싶은 말은 무엇이든 속삭일 수 있다. 큰 소리로 말할 수도 있고, 노래할 수도 있다. 지금 내 유일한 소원은 사라지는 것이다. 어쩌면 그게 내가 평생토록 바라던 것이었는지도 모르겠다. 사라지는 것, 엄마가 독한 술로 스스로를 투명인간으로 만들었던 것처럼. 술을 지우개 삼아 자신을 계속 지워갔던 것처럼. 지금 엄마는 어디에 있지? 기억나지 않는다. 기억 안 난 지 오래다. 이상한 일이다. 아버지는 어디 있는지 말할 수 있지만 우리 엄마, 내게 생명을 주고 날 계속 살아가게 해줬던 엄마는 어디에 있을까? 정말로 죽어서 리스 교회에 묻혔을까? 아니면 아직 어딘가에 살아 있을까? 당연히 난 알고 있다. 그저 기억해내기만 하면 된다.

눈을 감고 창문에 머리를 기댔다. 긴장이 완전히 풀렸다. 너무 피곤했다. 곧 기억이 날 것이다. 곧⋯⋯.

어둠이 내렸다. 거대한 어둠. 큼직한 검은 밍도저럼 섬섬 퍼져 나가며 나를 껴안기 위해 내게로 다가왔다.

주위가 너무 고요해서 부드러운 딸깍 소리까지 들렸다. 내 바로 옆의 문이 열린 듯했다. 이윽고 발소리, 발을 저는 익숙한 발소리가 가까워졌다. 나는 눈을 뜨지 않았다. 발소리가 멈췄다.

"올라브."

나는 대답하지 않았다.

그녀가 다가왔다. 내 팔에 누군가의 손이 닿았다. "여기서⋯⋯ 왜⋯⋯ 이러고⋯⋯ 있어요."

나는 눈을 떴다. 유리창을 바라보았다. 유리창에 비친 그녀, 내 뒤에 서 있는 그녀를 바라보았다.

입을 벌렸지만 말이 나오지 않았다.

"피를⋯⋯ 흘리고⋯⋯ 있나요."

나는 고개를 끄덕였다. 왜 그녀가 여기에 있을까? 지금은 한밤중인데?

당연했다.

재고 정리.

"당신⋯⋯ 차."

나는 '네'라고 말할 때의 입 모양을 만들었지만 소리는 나오지 않았다.

마치 알아들었다고 말하듯이 그녀가 고개를 끄덕였다. 그러더니 내 한쪽 팔을 들어 자기 어깨에 걸쳤다.

"가요."

나는 그녀에게, 마리아에게 기댄 채 차를 향해 절룩절룩 걸어갔다. 이상하게도 그녀는 전혀 다리를 저는 것 같지 않았다. 마치 다리가 정상으로 돌아간 것처럼. 그녀는 날 조수석에 앉히고 차문이 여전히 열려 있는 운전석으로 돌아갔다. 내게로 몸을 숙여 바짓가랑이를 찢었다. 바지는 소리 없이 찢어졌다. 가방에서 생수병을 꺼내더니 뚜껑을 열고 내 허벅지에 물을 부었다.

"총알?"

나는 고개를 끄덕이고 아래를 내려다보았다. 더는 아프지 않았지만 총알구멍이 뻐끔거리는 물고기의 입처럼 보였다. 마리아는 목에 두르고 있던 머플러를 풀더니 내게 다리를 들어보라고 했다. 그러고는 다리에 머플러를 동여맸다.

"손가락을…… 여기…… 대고…… 상처를…… 세게…… 눌러요."

그녀는 꽂혀 있던 자동차 열쇠를 돌렸다. 차가 상냥하고 부드럽게 가르릉거렸다. 차를 후진시켜 가로등에서 물러났다. 그러고는 다시 도로로 올라가 앞으로 나아갔다.

"우리…… 삼촌이…… 외과의사예요…… 마르셀…… 미리엘."

미리엘. 그 약쟁이와 같은 성이다. 왜 마리아의 삼촌과 그 약쟁이의 성이 같을까…….

"병원에서…… 일하는…… 건…… 아니에요." 그녀가 날 바라보았다.

나는 머리받침대에 머리를 기댔다. 그녀의 말투는 농아 같지 않았다. 이상하고 서투르기는 했지만 말을 못하는 사람이라기보다 뭐랄까…….

"프랑스인이에요." 그녀가 말했다. "미안해요…… 하지만…… 난…… 노르웨이어로…… 말하는 걸…… 안 좋아해요." 그녀가 웃었다. "쓰는 게…… 낫죠……. 언제나…… 그랬어요……. 어릴 때도…… 그냥…… 책을…… 읽기만…… 했죠……. 책 읽는 거…… 좋아해요…… 올라브?"

지붕에서 푸른 등이 천천히 돌아가는 경찰차 한 대가 옆으로 지나갔다. 나는 백미러로 경찰차가 사라지는 걸 보았다. 만약 그들이 볼보를 찾고 있었다면 건성으로 찾는 것이리라. 아니면 다른 걸 찾고 있거나.

마리아의 동생. 그 약쟁이는 마리아의 남자친구가 아니라 동생이었다. 그래서 동생을 위해 모든 걸 희생하려고 한 것이다. 하지만 왜 의사인 삼촌이 그들을 도와주지 못했을까? 왜 굳이 그녀가……? 그만두자. 나머지 이야기를 다 듣고 그 모든 게 어떻게 맞아떨어지는지는 차차 알아낼 수 있을 것이다. 지금은 그녀가 튼 히터에서 더운 바람이 나와 너무 졸린다. 잠이 들지 않기 위해서는 정신을 바짝 차려야 했다.

"내…… 생각엔…… 당신도…… 책을…… 좋아할 거예요…… 올라브……. 왜냐하면…… 당신은…… 시인…… 같으니까요. 그건…… 정말…… 너무…… 아름다웠어요……. 당신이…… 했던…… 말들요……. 우리가…… 지하철에…… 탔을…… 때."

지하철?

나는 눈을 감았고 천천히 깨달음이 밀려왔다. 그녀는 내가 했던 말을 모두 들을 수 있었던 것이다.

그녀를 귀머거리라고 생각하며 지하철에 따라 탔던 그 많은 나날 동안 그녀는 그냥 거기 서서 내가 떠들어대도록 내버려두었다. 매일같이 날 못 보고, 못 듣는 척하면서. 마치 무슨 게임이라도 하는 것처럼. 그래서 그때 가게에서 내 손을 잡으려고 한 것이다. 내가 그녀를 사랑한다고 생각했으니까. 내가 초콜릿을 선물하자 마침내 내가 환상에서 현실로 뛰쳐나올 준비가 된 것으로 생각한 것이다. 그렇게 모든 게 맞아떨어지는 걸까? 내가 정말로 눈뜬장님이어서 그녀가 귀머거리에 벙어리라고 생각한 걸까? 아니면 처음부터 알고 있었는데도 그냥 그 사실을 부인했던 걸까?

지금까지 이 모든 것이 마리아 미리엘에게 오기 위한 과정이었을 수도 있을까?

"분명…… 오늘 밤에…… 삼촌이…… 오실…… 수 있을…… 거예요……. 그리고…… 당신만…… 괜찮다면…… 내일…… 프랑스식…… 크리스마스…… 식탁을…… 차릴…… 거예요. 오리구이요. 크리스마스……이브…… 미사를…… 본…… 후에."

나는 재킷 안주머니에 손을 넣어 봉투를 꺼냈다. 여전히 눈을 감은 채 봉투를 그녀에게 건넸다. 그녀가 봉투를 받아들더니 갓길에 차를 세웠다. 너무 너무 피곤했다.

그녀는 편지를 읽기 시작했다.

내가 편지 위에 쥐어짠 단어들, 올바른 자리에 올바른 글자를 집어넣기 위해 모조리 분해했다가 다시 짜 맞춘 단어들을 읽었다.

그리고 그 단어들은 전혀 죽은 것처럼 들리지 않았다. 반대로 생생하게 살아 있었다. 그리고 사실이었다. 너무도 사실이어서 '당신을 사랑해요'라는 말만이 유일하게 해야 할 말처럼 들렸다. 너무도 생생해서 그 편지를 읽은 사람은 누구든 분명 그를, 매일 만나러 가는 여자에 대해 쓰는 한 남자를 볼 수 있을 것이다. 슈퍼마켓 계산대에 앉아 있고, 그가 사랑하면서도 한편으로는 사랑하고 싶지 않은 여자, 왜냐하면 그는 자신과 똑같은 사람을 사랑하고 싶지 않기 때문이다. 자신처럼 불완전하고, 결함과 하자가 있고, 늘 스스로를 희생하고, 사랑의 한심한 노예가 되고, 그저 다른 사람의 입술을 얌전히 읽을 뿐 결코 자신의 목소리를 낼 줄 모르고, 스스로를 누군가에게 굴복시키고 거기서 보상을 얻는 여자. 하지만 그와 동시에 그는 그녀를 사랑할 수밖에 없었다. 그녀는 그가 원치 않았던 모든 것이었다. 그녀는 그 자신의 굴욕이었다. 그리고 그가 아는 최고의 인간이자 가장 아름다운 피조물이었다.

나는 아는 게 많지 않아요, 마리아. 딱 두 가지만 알죠. 하나는 당신 같은 사람을 행복하게 하는 법을 모른다는 거예요. 왜냐하면 난 삶과 의미를 창조하는 사람이 아니라 일을 망쳐놓는 부류니까요. 내가 아는 두 번째 사실은 이겁니다. 당신을 사랑해요, 마리아. 그래서 그때 저녁 식사에 가지 않은 거예요.

올라브.

마지막 문장을 읽는 그녀의 목소리에서 흐느낌이 들렸다.

우리는 말없이 그렇게 앉아 있었다. 경찰차 사이렌조차 잠잠해졌다. 그녀는 코를 훌쩍였다. 그러고는 입을 열었다.

"딩신은…… 이제…… 날…… 행복하게…… 해줬어요…… 올라브. 이거면…… 충분해요…… 모르겠어요?"

나는 고개를 끄덕이고 깊은 숨을 들이쉬었다. 이젠 죽을 수 있어요, 엄마. 나는 그렇게 생각했다. 더는 이야기를 지어낼 필요가 없어요. 이보다 더 좋은 이야기를 지어낼 순 없을 거예요.

21

살을 에는 듯한 극심한 추위에도 불구하고 밤새 눈이 내렸다. 어두운 새벽을 여는 사람들이 내려다본 오슬로는 도시 전체가 부드럽고 하얀 이불을 뒤집어쓴 듯했다. 차들은 길에 쌓인 눈을 가르며 천천히 지나갔고, 사람들은 미소를 지으며 보도의 빙판을 조심조심 비켜갔다. 서두르는 사람은 아무도 없었다. 오늘은 크리스마스이브, 평화와 묵상의 시간이기 때문이다.

라디오에서는 연신 기록적인 추위와 앞으로 다가올 더 심한 추위를 이야기했다. 융스토르게의 생선 가게 점원은 마지막으로 남은 대구를 포장지에 싸서 손님에게 건넨 뒤, 무슨 말을 하든 간에 행복하고 기분 좋게 들리는 노르웨이 특유의 이상한 억양으로 '메리 크리스마스'라고 노래했다.

빈데렌의 교회 밖에서는 여전히 폴리스 라인이 펄럭거렸고, 안에서는 오늘 오후에 신도들이 오면 어떻게 크리스마스 예배를 봐야 할지를 두고 목사가 경찰과 의논 중이었다.

오슬로 국립 병원에서는 한 소녀의 수술이 십도되었던 수술실에서 의사가 나와 수술 장갑을 벗고 복도에 앉아 있던 두 여자에게로 갔다. 의사는 두 여자의 경직된 얼굴에 여전히 공포와 절박함이 서린 것을 보았고, 마스크를 벗는 걸 깜빡 잊은 탓에 그들이 자신의 미소를 보지 못했다는 걸 깨달았다.

마리아 미리엘은 지하철역에서 나와 언덕을 올라 슈퍼마켓 쪽으로 걸어갔다. 오늘은 2시에 문을 닫기로 했으니 조금만 근무하면 된다. 그런 다음에는 크리스마스이브다. 크리스마스이브!

그녀는 마음속으로 노래를 불렀다. 그를 다시 만나는 노래. 그를 다시 만나리라는 걸 그녀는 알고 있다. 그러니까…… 더는 생각하고 싶지 않은 그 모든 것들로부터 그가 그녀를 구해준 때부터 그녀는 그 사실을 알고 있었다. 길게 내린 노란 앞머리 뒤로 보이던 그의 친절하고 푸른 눈동자. 덥수룩한 수염 뒤로 보이던 얇은 일자 입술. 그리고 그의 손. 그녀가 가장 많이 생각하는 게 바로 그 손이었다. 좀 심하게 생각하는 편이긴 했지만 당연했다. 남자다우면서도 단정한 손이었다. 크고 살짝 사각형이었고, 조각가들이 원하는 영웅적인 일꾼의 손이었다. 하지만 그녀는 그 손이 자신을 쓰다듬고, 껴안고, 다독이고, 위로하는 걸 상상할 수 있었다. 그녀의 손이 그에게 그러려 하듯이. 가끔씩 그녀는 자신의 사랑이 너무 강력한 힘을 가진 것 같아 무섭기도 했다. 마치 둑으로 막아뒀다가 터진 물줄기 같았고, 사랑에 빠진 사람은 수영과 익사를 구분하지 못한다는 걸 그녀는 알고 있었다. 하지만 이젠 걱정하지 않았다. 그도 주는 것뿐 아니라 받을 준비가 된 것처럼 보였기 때문이다.

슈퍼마켓 앞에 한 무리의 사람들이 모여 있었다. 저쪽에 경찰차도 보였다. 가게에 강도가 들었나?

아니다, 보아하니 그냥 충돌 사고 같았다. 앞 범퍼로 가로등을 들이받은 차가 있었다.

하지만 가까이 다가가보니 사람들은 차보다 슈퍼마켓 창문을 더 열심히 바라보는 듯했다. 그러니 어쩌면 정말 강도가 들었는지도 모르겠다. 군중 속에서 경찰 한 명이 나와 경찰차로 걸어가더니 무선 마이크를 꺼내 말하기 시작했다. 그녀는 그의 입술을 읽었다. '사망' '총상' '수색 중이던 볼보'라는 단어였다.

이제 또 다른 경관이 손짓을 하며 사람들에게 뒤로 물러나라고 명령했다. 사람들이 비켜나자 형체가 보였다. 처음에는 눈사람인 줄 알았다. 하지만 이내 그게 눈을 뒤집어쓴 남자이고, 그가 창문에 기댄 채 서 있는 것임을 깨달았다. 창문에 얼어붙은 긴 금발과 수염이 남자를 붙잡고 있었다. 그녀는 가까이 가고 싶지 않았지만 자기도 모르게 다가갔다. 경찰이 그녀에게 뭐라고 하자, 그녀는 귀와 입을 가리켰다. 그런 다음, 가게를 가리키며 사원증에 적힌 이름을 보여주었다. 가끔씩 결혼 전처럼 이름을 다시 마리아 올센으로 바꿀까 하는 생각이 들기도 했다. 하지만 싸구려 결혼반지와 마약으로 진 빚을 제외하고 남편이 남겨준 건 올센보다 약간 더 매력적으로 들리는 그 프랑스 성밖에 없다는 결론을 내렸다.

경관은 고개를 끄덕이며 그녀에게 가게 문을 열어도 된다고 손짓했지만 그녀는 꼼짝하지 않았다.

머릿속에서 울리던 크리스마스 캐럴이 잠잠해졌다.

그녀는 그를 바라보았다. 마치 그의 몸에 얇은 얼음 살갗이 돋아나고, 그 아래로 얇고 푸른 정맥이 생겨난 것 같았다. 피를 흠뻑 빨아들인 눈사람처럼. 얼어붙은 속눈썹 아래로 그의 멍한 눈동자가 가게 안을 바라보고 있었다. 곧 그녀가 앉게 될 자리를 바라보고 있었다. 그녀는 거기 앉아 물건 가격을 금전 등록기에 톡톡 입력할 것이다. 손님에게 미소를 지으며 저 사람은 누굴까, 저들은 어떤 삶을 살까 상상할 것이다. 그러고는 저녁이 되면 그에게 받은 초콜릿을 먹을 것이다.

경관이 남자의 재킷 안주머니에서 지갑을 꺼내더니 그 안에서 초록색 운전면허증을 끄집어냈다. 하지만 마리아의 시선이 향한 곳은 거기가 아니었다. 그녀는 경관이 지갑을 꺼낼 때 눈 위에 툭 떨어진 노란 봉투를 바라보고 있었다. 봉투 앞면에 적힌 글씨는 정교하고 아름다워서 여자가 썼다고 해도 믿을 정도였다.

마리아에게.

경관은 운전면허증을 들고 경찰차 쪽으로 성큼성큼 걸어갔다. 마리아는 허리를 숙여 봉투를 집어 들었다. 얼른 주머니에 넣었다. 아무도 알아차리지 못한 것 같았다. 그녀는 봉투가 떨어졌던 자리를 보았다. 눈과 피를 보았다. 희디흰 눈. 붉디붉은 피. 이상하게 아름다웠다. 왕의 망토처럼.

옮긴이의 말

여느 때처럼 출판사의 초청으로 캐나다의 토론토를 방문한 작가요 네스뵈는 공항에 도착해 출판사가 보내준 리무진에 올라탔다. 그런데 갑자기 한 남자가 그의 옆에 타더니 차 문을 닫았고 리무진이 출발했다. 그의 옆에 탄 남자는 운전석의 기사와 러시아어로 얘기하기 시작했는데 유달리 딱딱하고 거친 러시아어를 들으며 네스뵈는 뭔가 잘못된 게 틀림없다고 생각했다. 더군다나 캐나다에서 러시아어라니. 그는 자신이 감쪽같이 납치된 거라고 생각했다. 물론 리무진이 예정대로 숙소에 도착하면서 오해는 풀렸지만, 그는 이 사건을 계기로 《납치^{Kidnapping}》라는 작품의 영감을 얻게 된다.

《납치》는 노르웨이 크라임노블 작가인 '톰 요한센'이 공항에서 납치된다는 내용의 소설이다. 네스뵈가 창조한 톰 요한센이라는 인물은 1970년대에 처녀작인 《블러드 온 스노우》와 그 후속작인《미드나잇 선》이 미국에서 출간되며 반짝 인기를 얻었다가 이제는 한물 간 작가다. 그러니 원래《블러드 온 스노우》는《납치》에 등장하는 가상의 소설이었던 것이다. 그러나《납치》를 집필하던 네스뵈는 점차《블러드 온 스노우》에 호기심이 생기면서 정말로 이 책을 써보면 어떨까 생각했다. 그것도 톰 요한센이라는 이름으로. 그러니까 마치 톰 요한센이 정말로 실존했던 작가인 것처럼 꾸며서 이 두 권의 책을《납치》와 함께 출간하려고 했던 것이다. 심지어 위키피디아에 가짜로 톰 요한센의 페이지까지 만들 계획이었다고 한다. 하지만 뜻밖에도 영국 측 변호사로부터 그럴 경우 미국에서는 가짜 마케팅으로 법에 저촉될 수 있다는 말을 듣게 되었고, 결국 계획은 수포로 돌아갔다. (원래 2016년 9월에 예정되었던《납치》의 출간은 현재로서는 불투명해졌다.)

이렇듯《블러드 온 스노우》와《미드나잇 선》은 원래 톰 요한센의 작품으로 발표될 작정이었기에 기존의 요 네스뵈 작품과는 많이 다르다. 해리 홀레 시리즈와 같은 무거움도,《헤드헌터》나《아들》처럼 짜임새 있는 플롯도 없다. 완전히 새로운 실험작이라고 할 수 있는데, 특히 1920년대에서 1950년대에 미국에서 유행했던 펄프픽션을 재현했다. 저자는 해리 홀레 시리즈의 진지함을 던져버리고 마음껏 망가지려고 작정한 듯 이런 펄프픽션이 갖는 싸구려 정서의 진수를 보여준다. 문장은 훨씬 짧고 간결해졌으며, 전개는 막장 드라마 같고, 분위기는 선정적이고, 피가 튀는 장면에서도 어쩐지 실소를 금할 수 없다. 하지만 마지막에 가면 안데르센의 성냥팔이 소녀를 연상시키는 결말을 통해 작품을 순식간에 슬픈 동화로 만들어버린다.

이 책은 1975년, 크리스마스가 얼마 남지 않은 오슬로를 배경으로 한다. 자기를 제대로 파악하지 못하는 올라브 요한센이라는 남자의 긴 독백과도 같은 이 책은 누아르 소설이지만, 동시에 사랑 이야기이기도 하다. 저자는 미국에서 도쿄로 가는 비행기 안에서 이 책을 다 썼다고 한다. 스스로 올라브 요한센이라는 인물에 빙의된 상태에서 멈추지 않고(멈췄다가는 그의 목소리가 사라질 것 같아서) 계속 써내려간 결과, 대략 12시간 만에 완성했다고 한다. 그만큼 빠르게 쓴 작품이고, 독자들도 쉽고 빠르고 읽어나갈 수 있을 것이다.

마지막으로 이 책의 번역은 기존 번역과 마찬가지로 노르웨이어판과 영문판의 대조를 통해 영문판에서 누락, 편집, 각색된 부분은 모두 노르웨이어판으로 바꾸었음을 알린다.(특히 영문판은 노르웨이어판과 달리 작품 속 배경이 1977년으로 되어 있다.) 또한 노르웨이어판 자체의 오류는 영문판을 따라 바꾸었다.

노진선